文芸社セレクション

わたしの診察ノートのファンタジー

さむ けい
Sam K

JN061783

文芸社

朝、目が醒める前に、わたしの息はやんでいます。

2022年2月6日

　洗濯物が、陽を浴びて気持ち良さげのようです。

　こんな清々しさは、何度目だろう。

　洗濯や調理と、一連の家事をするようになってしばらく経つ。

「上手になったわね」と、カミさんは微笑みながら言うのだけど、実にいやらしい。とうに、彼女は、すすんで家事を引退しているのですから。

　洗濯機に洗い物を分別して入れて、洗い上がったらリズムに乗って干す。早朝に、夜の間に置かれた台所の食器を洗い、用意しておいた今日の献立に沿って下ごしらえをする。

　こんな、時間が愛おしく思えてきました。

　どうやら、家事の手間をどこかで頼りにしている自分がいて、何となく気持ち良いのでもあります。

　何気に楽しんで、ふと愉快になってと、感じたりします。

　陽に照らされた洗濯物に、今朝のわたしの気持ちを寄せられたのですから。

2022年2月8日

「余命を正確に断定するのは、難しいものです。手術による根治が困難な病状のため、6ヶ月後の生存率は40%程度と考えられます。抗がん剤や放射線治療、免疫治療などをした場合でも、1年後の生存確率は低いと想定されます。患部へ直接、化学的、精緻的な治療をして過ごされるか、痛みや身体活動の対処などの生活全般への緩和的なケアを受けて過ごされるか、そして、生活の場は病院かご自宅か、双方とするか、お話ししていきたいと思います。」

　昨年暮れに、主治医からそのような説明を受けました。
　ある程度は予想していましたが、やはり、余命宣告は突然なのです。

　部屋に戻って、少し動揺がおさまりかけた時、こんな考えが廻りはじめました。
「いつ頃死ぬか」と言われることは、珍しいのではないか。わたしが、死ぬまでの時間を意識できるのも、やはり、珍しい体験なのかもしれないのです。
　事件や事故、災害などの突発的な事態で突然死んだなら、一瞬に恐怖を感じられたとしても、「死にゆくまでの経過を日常として経験すること」はないかもしれませ

ん。また、認知症やある種の精神疾患を患い、「死す経過に関心を向けられなくなっていること」もあるでしょう。

　では、わたしが死ぬまでの余命の宣告を受けたことは、幸いな出来事なのだろうか。

　薬物治療であれ、緩和ケアであれ、現時点の最良の選択肢になり得ます。あるいは、最先端の手術や精緻医療などの他の方法を探し求め挑戦することも、わたしは選択できます。どれを選択したとしても、医療的には一つの症例です。わたしは、その時間を生きていて、その時間が日常生活となるのです。

　何故か、死が身近になった感じはしません。

　明らかなことは、余命の長さではなく、余命を語り得たという事実でしょう。

　その事実が、わたしの死ではあり得ません。

　わたしは、いま、死を迎えれる準備も無ければ、どう生きるかも決めていません。

　ところで、いままで生が身近だと感じたことはあっただろうか。そしていま、生が遠退いたと感じているわけでもありません。

「もっともっと、生きたい」と思う。

　それでいて、「こんなもんか」とも思う。

　死ぬのが怖いと思いながら、「そんな毎日を生きるのか」と、堪らなく辛くなる時もあります。

　ただ、「いましていることは、変わりなく続けていたい」と思っています。

「邪魔されたくない。」

　わたしは、病気で死ぬのか。治療方法が現在ないから、死が早まるのか。

「病気と闘うのは、無駄な試みだ。病気と寄り添うのは、まっぴらだ」とも、思ったりします。

　何か良い選択をしたら、誰かの役に立つのか。

　何もしないことが、誰にも迷惑をかけないのか。

　余計な経費や手間、身の回りの世話をかけないで済ませられるかもしれない。

　わたしが、トイレに行くのであり食事をするのです。お風呂に入り寝床に就くのもこのわたしだ。この身が動き難くなったことに、痛みや不安を感じ、治療やケア、生活管理や生活習慣について考え遂行するのはわたしです。

　だから、トイレに運ばれたり食べさせられたり、薬漬けになったりそちら側に管理されたり、こんな生活を助長するような医療や介護のサービスを、わたしは利用したくないのです。

　医療やケアのサービスをキュレートして、自分の生活

様式に最適化するようカスタマイズしているわたしがいます。このわたしを目撃しているのは、サービス提供者です。こうして、お互いに「この身体の日常」に臨床しています。

　治療やケアが制度として提供されていること自体、地球規模でみれば、経済格差や貧困、環境破壊や紛争などと関わっていませんか。死すこと、つまり、どのように死ねるかは、もはや、わたし一人だけの課題ではない。
「確かな事実は、余命宣告されことだ。」
　明らかな事態は、わたしがそれを知り得たことです。
「いま、生きていて、今日、死んではいない。」
　そして、悪液質と付き合うことになるかもしれない自分がいて、付き合い方を変えようとしている自分は健康なのだろうかと。
　わたしが奮い立ちそうになるのは、そんな居心地の悪さからで十分でしょう。
「わたしが寄り添っているのは、その居心地だ。」
　気が向いたら、主治医と話してみますが、とりあえず、今日はのんびりしていたい。

2022年2月9日

　自分らしく。

　その慣用句は、人生経路の標識となり、次に、プロパ
ガンダになり、そして、この身体や見知らぬ誰かのコラ
テラルダメージになったのです。

　プロパガンダは、中立な宣伝ではないと。その場に居
る自分の過去と将来、そして、その場に居ない他者の生
活を攻撃していると。だから、行き先を提示するばかり
で、自分のありのままに届かない。行き先は、出口とは
限らない。厄介なことに、人は、自分で自分を巻き添え
にする様式を手に入れてしまいます。時々、それは、
ゲームや趣向であったりします。

　はじめから、自分に「らしく」をくっ付けることが可
笑しいのです。そんな修飾は、面倒で、自分には似合わ
ない。

　自分は、自分でしかない。なのに、わざわざ「らし
く」と囃し立てて、関わる様式を比較して選別している
のです。

　自ずとそのように在る、自らそのようにする、他力か
自力か、受動的か能動的か、freedomかlibertyか。そん
な事態ですか、「らしく」とは。

　人には、そうしている時と、何もしていない時があり

ます。自分は、何もしていな時からはじまっていて、身支度をしているのではないですか。「何かしている―何もしていない」、そんな時の波動が自分なのだと言いたい。

「らしく」とあえて接続するなら、「時流の波乗りをしている」と体感していることを伝えるためでしょうか。そうでなければ、体感していないと、第三者に圧迫され束縛されていると、「らしく」が伝えているに違いありません。

　表現であるならば、賛否があるのは、然るべきだ。だけど、それに対するメッセージや報道は、誤解や妄想を惹起して、ある行動を誘発させたりもします。事件や事故や自殺に誘ったり、妄信や攻撃や依存を正当化させたりしてしまいます。これは、表現自体の出来事ではなく、明確に受け取り手の出来事なのです。時に、メッセージや報道は、悪意と誘惑のコンテクストで、おせっかいをしてきます。

　だったら、自分を「らしく」などと飾らなくても良いでしょう。受け取り手は、この自分自身ですから。

　少し前に耳にした本のタイトルを思い起こしました。「黒い皮膚」の皮膚とは表情で、「白い仮面」の仮面とは言語のことではないでしょうか。

　人は、暮らしの関わり合いに区別と類似を痛感し、そ

の構造との出会いから、差別や同調へと変態する術を身に付けたりもします。わたしは、そんな人の一人です。

　そんな運動が、コンサバティブとかリベラルと、ブランド化する以前に、それは自分の気持ちに素直な振る舞いではないですか。だから、その旗印の下で連帯したり、ましてや、その連帯が軍隊を支配したりするのは、不自然でしょう。だって、素朴な仕草を紛争や対立に加工されては、素直に振る舞えなくなりますから。

　一方が他方より情報量が多いとか、公開性が高いとか、その情報にネガティブとかポジティブとかの「修飾の鍵」が付けられてしまう。正否と善悪のコンテクストのプロパガンダの様式が流行していることを、卑近な場面で手軽なディバイスからわたしたちは、確認していませんか。ましてや、コンテクストが彼岸で、ディバイスが此岸であるなどという事態は、起こり得ていないでしょう。

　記述の出来事は実にシンプルで、そのひとつひとつが事実であることが実情なのです。

　近頃、医療現場では、ナノロボットの働きが語られています。それは、検査や治療に貢献しているためです。そして、ナノロボットの役割は、生物進化や環境生成にも拡張することでしょう。気候変動やエネルギー生成に対するコントロールも、当然、含まれています。

　やがて、生物が光だけをエネルギーにできる身体構造に進化したら、捕食はなくなり、花や種も要らなくなるのだろうか。ならば、多彩な表情も多様な生活様式も発生することなく、調和や不協和の調べを聞くこともなくなることでしょう。

　生も死も起き得ないのではありませんか。

　何ものとも関わりが発生していません。

　何ものには、この身も居ます。そして、わたしは、はじめから何処にも居ないのです。これでは、気持ちの孤独な状態を感じ得ないし、立ち位置が孤立した状況だと気づき得ることもないでしょう。

　ところで、わたしたちが「似ているとか、違うとか」と話をはじめる時、その場には、いくつもの関係が緊密に詰め込まれていて、逃げ場のない緊張感が生身を覆い尽くしていませんか。そこは、特殊なシーンで特別なタスクで一括りにされていませんか。そのうえ、限局されたイメージで、わたしたちは懇談することを禁じられていませんか。

　わたしが、あなたに共感するとは、あなたの気持ちを受け取ったとか、理解できたとか、ましてや、自分が同じ気持ちなったというわけではないのです。わたしは、感じたのです。その自分に気づけたのです。これこそ、対面した現場に、あなたが、わたしが連れてきたもので

す。少なくとも、わたしは追体験を試みていたかもしれません。似通った所と違う所を、感じ取っていました。わたしたちは、それぞれに振る舞いながら、この現場で類似と差異を分かち合っていたのです。

　これが、対面するということでしょう。

　だから、話すことも、書くことも、緩やかな関わり合いで、その関わり合いはのんびりしていて、はじめからお互いが関係で結ばれているわけではないでしょう。

　たとえば、医療の現場では、話したことも関わったことも、テクノタームに変換されるという事態が起き得ています。似かよったことも違ったことも、確認しなくて良くなっていたりします。当然、「らしく」の修飾もありません。

　わたしは、医療現場で医療技術の専門職ではありません。相談援助の職員として患者や家族、関係者などと面談することが、わたしの職務です。その行為は、彼らが常日頃、経験している病気の成り行きや生活の不便さの実情に臨床することであります。そんな現場での患者の言葉や表情、仕草などを、わたしは書き留めます。テクノタームに置き換えることが、わたしの目的ではありません。

　誰もが、日常の言い回しでルポルタージュしてきます。わたしは、「話しやすい、そこに居やすい雰囲気を作ろう」と、患者の力を借りてお手伝いしたりもします。仮

に、患者のルポルタージュが全てテクノタームに置き換えられ、臨床現場での医療技術者の生の取り組みが記述されていなかったら、どうでしょう。誤診や過誤、不信感や無力感などを醸成する職場風土が蔓延してませんか。その結果、健康保険制度や患者自身の財政を圧迫し、お互いが生活するために成長することを妨げる事態が起こるのであります。

　そもそも、患者が話してくる慣用句や用語は、辞書的・社会通念的な意味や使用法と違ったりします。また、語句が場面や相手との関係性の違いで、それぞれのニュアンスに成ることを、わたしたちは体感してもいる筈です。ですから、患者や医療スタッフのルポルタージュの表現は、テクノタームとのズレがあるわけです。肝心なことは、ズレに気づき、歩み寄ろうと試みることでしょう。生の声や生の仕草の記述が消去されたり排除されたりしたら、わたしたちは、お互いに類似や差異を確認したり課題を発見したりする機会と出会えないのであります。

　わたしたちは、「自らしようとする時の抗いや自ずとある時のしなやかさ」を育んでいませんか。

　わたしは、書くことで関わりを私物化してしまっているかもしれません。だから、そこの言葉は、弾けることなく、この身から迸ったりできないのです。

　これでは、何一つ起き得ません。

　何も起きないのは、死ぬより怖くなりました。
　どうやら、「らしく」と飾りを付けたり消したりしな
くても、これからの日常を過ごせそうな気がしています。
　余分な荷物を、抱える余裕はありません。

2022年2月10日

　昨日の自分は、ここに居ない。

　明日の自分は、ここに居ない。

　そのことを感じて言葉にするのは、ここに居るわたしです。その現実を体現しているのは、この身体です。

　物質や器官には、感動がないのでしょうか。

　しかし、それらは、身体と共にふるえるのであります。

　身体は、自ずと物質代謝をして、自ら移動します。

　その生命活動が停止することを、人は死と呼んでいます。

　しかしながら、受胎する前から死の準備は、始まっているのでありませんか。

　息物の身体であるからだ。

　身体は、自死しつつ、解体してもらう準備もしているのです。そうして、物資と出会う一人旅をしています。

　死は完結ではないし、生は変動しています。そして、物質は、身体の「他者」ではありせんか。わたしもこの身の他者です。これこそ、生命と宇宙の原始で創生なのでは。

　時々、先に逝った「あいつに会いたい」と、思う。

　会ったら、「ごめん」と言いたい。あいつは、今日の

この日も成長していると思えるのです。勝手な思い込みで「あいつは居ない」とは、言えません。あいつに会えないのではなくて、願っている自分と会えないだけでしょう。

　ところで、新型コロナウィルスのパンディミックで、ロックダウンや緊急事態宣言、隔離や監視の国家権限、出入国の制限、医療や物流の体制崩壊と、そんな話題が当たり前のように報道されています。それは、誰もがエッセンシャルワーカーである感覚、社会的な扶養や教育の現場での対話、森や海や風との交際、そんな機能が不全であったことを露呈し、不信と差別の増幅、何より生身への恐怖を煽ってもいます。根源的な構造は、人間活動が地球の環境生成を表現してきたかであり、基本的人権が個人の暮らしている姿から感動を伝えてきたかです。個人も人類もウィルスも、人間が増築し続ける「膨れ上る出口のない経済圏」に孤立したにすぎません。「圏の外」に誰も居なくなったのでは。ガイアに建築された「肥満した表層」は、生物圏とは違うようだ。

　たとえば、アンチエイジング医学が進歩することによって、細胞が若返り120年生きられたとしても、ヒトは死すのです。そのテクノロジーが社会構造やライフコースを変革し「健やかに死を迎える人生」となるとは、

ひとりひとりが「死す時期と死す仕方」を決定することになるでしょう。そして、120歳の脳は、記憶や情報処理のために、その構造を変革しているに違いありません。

　しかしながら、健康寿命の延伸が人間の根源的な課題なのでしょうか。乳幼児であれ、アヤ世代であれ、中高年と扱われる人であれ、「健やかな死」を実現できます。保健行動様式の創造、つまり、セルフケアやセルフマネジメントの課題と、ひとりひとりがどのように取り組めているかです。

　それ以前に、ヒトの寿命が120年になったとして、人間は、ガイアの生態系に対してどんな役割を果たし、どのように付き合うのか、問われていませんか。

　死は、このガイアで創造された生きものたちの生態なのです。

　個々人の表現にふるえが起こらないならば、死すことも生きることも個人史も容認できないことだろう。でも、個々人は、でき得る限りの仕方で「ここに居ないもの」に話しかけては、死や生の現れに敬いを示したりします。

　人は、人間であり得るのですから、現在ここに居ます。

　元よりわたしは、地球に産まれた一つの生きものです。

2022年2月12日

　こうして、自分の診察の様子をノートにしているのは、生きているからなのだ。

　記録を付けるのが好きなわけでないし、日課でもない。むしろ、辛い。ただ、書いていないと、自分がここに居る気がしないだけかもしれません。

　一日でも、生き延びたいとは、妄執ですか。

　もう沢山と言い切るのも、妄執ですか。

　では、「セ・ラ・ヴィ」は、如何でしょうか。

　喪装のあなたを、死んでいる生身が感じています。

　言葉は、もう尽くされました。

　わたしは、一人っきりじゃないけど、だからこそ堪らない。わたしは一人でないし、あなたもそうだ。

　わたしたちが独りに成れないなら、それが痛くて堪らない。たった独りで居られたり、あなただけを感じて居られたり。

　そうなのです。

　そばに居まいが居ようがです。

　死ぬって、そういうことでしょう。

　生きたい。

生き抜きたいんだ。

わたしが死んだと、あなたに報せたい。

それまで、一緒に居られなくても。

あなたの墓参りをしますから。

あなたがこの部屋に居なくても良いのです。

　結局、わたしは、我が身と臨床したいのです。

　現場に寄り添って、その身の息を聴いて、言葉にした
いのです。診察室も現場の一つですが、何より、日々の
出来事に、わたしは臨場できます。

　この臨場こそ、対話したノートです。

2022年2月16日

　つまるところ、税制に依存する政策や民主主義の仲間だという制度ではなく、サービス提供現場で市民が直接参加するのが社会保険の制度なのです。

　それは、わたしたちが生活を持続する力、出来得る限りを実行する力を下支えする仕組みです。すなわち、健康に暮らすための社会参加です。

　わたしたちは、臨床現場で学び合っているのだろうか。

　学校や職場、医療機関や保健センター、そして、地域や家庭に繰り広げられている講座や研修、教育や躾というものは、学び合いの仕方を方向決定するものではない。単に、準備であり事例提示であることが、問われていよう。

　たとえば、アニマル・ウェルフェアですか。

　人類の生産性の向上が、人口やエネルギー消費の暴走を招き、土壌や生態系の汚染と破壊を恒常化させてきたことでしょう。

　狩りや漁、森の恵みの採取と、生態系と息の合った生業では、生産にコストがかかり付加価値が拡大しないのですか。その算定の前提は、人類が海や森から隔絶した檻の中で生産される食糧の付加価値の拡張作業にすぎま

せん。だから、獲物となる生きものが相手ではなく、工業生産される食糧が相手なのです。それは製品であって、そのロジスティックスのセルブロックで、人は飯が食えるのであります。だから、裏山に出かけて今日の糧を得ることができませんし、裏山の手入れをしていません。

　結果、人間ひとりひとりは、けして豊かではないのです。

　飢餓の構造がグローバル化して、格差の仕組みの多様化が進展してきたのです。

　そう言えば、医師は、コンサルテーションしてますか。

　必要な情報を得るための質問や検査をして評価しては、処方や指導をする。それだけで、治療を始めて終わらせていませんか。同様な行為を、看護師も管理栄養士も、ソーシャルワーカーもケアマネジャもしてませんか。

　このような事例は、弁護士事務所でも、会計事務所でも、学校でも、職場でも、そして、家庭や地域や友人との対面場面でも、発見されます。つまり、ちゃんと話を聴いていないし、しっかり協議をしようせずに、お互いにすることを認め合っていないのです。

　そもそも、コンサルテーションも治療も、薬剤もサプリメントも、ダイエットも運動も、症状を治したりしません。でも、そのような道具は、身体とわたしの付き合い方をサポートしています。

　だから、医療の専門職は、患者が学習し易いように教え、方法を獲得し易いように指導し、その過程で起きる不具合や不満、不安や諦めなどに関する話を聴きながら、助言するのであります。

　どんな薬剤も、どんな治療も、病気を治すことはあり得ません。身体が病気や障がいを受け入れ、その身体と暮らす様式の手入れは、患者が行っているのです。その受け入れと手入れに、薬剤や治療が役立っていませんか。

　このような出来事は、各種の教育や人材育成、家庭生活や地域参加などの生活場面でも繰り広げられ得ています。何より、社会保障や安全保障、裁判や経済活動、保健衛生や災害支援などの制度の設計と運用の現場で起き得ている実情があります。仮に、制度そのものとそのサービス提供が「市民の学びと生活様式の獲得する生活現場」に向き合っていないとすれば、そのような社会システムは、市民をひたすら扶養しているにすぎないことでしょう。

　こんな扶養の仕組みは、常態化して、市民と国家との狭間に膠着した取引材料と成り得ています。市民を「飼い慣らし引き籠らせ」、更には「ジェノサイド」へと展開したりもし得るのです。ただ、独裁者も市民であり人でしょう。

　その「引き籠り」は、単に「自宅から出られなくなっ

ている状態」とは限りません。仕組みの複雑に絡み合う
糸に繋ぎ止められて「そこに留められている状態」を、
指し示してもいます。市民は、居心地悪くても、そこを
仮の居場所にして、生活実感が希薄になったままでもあ
ります。

「行き先がなく帰宅先もない」、これが実情でしょう。

　もちろん、市民は、いつも扶養されているわけではあ
りませんし、いつも誰かを扶養しているわけでもありま
せん。市民は、扶養の仕方や扶養の活用法を学んでいま
すが、それをわざわざ他者を支配する兵器にする必要は
ないのです。

　そんなことをしたら、自分で自分に銃を向けたことに
なってしまうのですから。

　丁度、わたしが、生身に薬剤を乱用したり、治療法に
依存したりするようなものです。もはや、薬剤や治療法
は、生身に突き刺さったタクティカルナイフなのであり
ます。

　語るまでもないですが、為政者も権力者も、政権や軍
事に携わる者たちも、市民の一人です。彼らは、「この
市の住人」なのですから。

　国家や集団に対する理念や幻想を懐くのは、個々人の
自由でしょう。時に、その権利が、その集団や国家で共
有された象徴だとしても、集合体の統治のために理念や
幻想をリーサルウェポンにする必要はどこにあるのです

か。

　わたしの生身は、どこに行ったのだろう。

　薬剤を武器にして病気と闘ったら、結局、自分の居場所がなくなって、行き先が分からなくなるだけでしょう。

2022年2月19日

　やはり、バイオテクノロジーの産物である医療サービスは、病気を治すことはないのです。もちろん、そのテクノロジーは基礎研究の恵みなのだが、研究への恵みは現象に出会えたことなのだ。

　「その病は死に至らず」です。絶望は、わたしを死に至らせるかもしれませんが、この身は死に至らないのです。

　薬に手術、DNA編集と、どんな物質投与や治療法も、そして、どんなコンサルテーションやトレーニングも、生身の生成を手助けしているのです。わたしは、その現場に関係する手立ての一つとして、医療サービスと関わっているわけなのです。

　これが、最大限の働きかけであって、この身の恵みと成り得ていることだろうと思います。少なくとも、生命の活動に、生と死が生成しているのであれば。

　このことについて、理解される必要はないのです。

　あなたが、想像すれば済むのです。

　生の姿を、わたしは伝えていたのですから。

　こんな現象が、治療の臨床現場で起き得ていませんか。

　お互いに伝え合っていたら、教え合っていたら、その場で感じ、学び、思い浮かべて、話しはじめるのです。

　治療は、臨床現場の一つの要素に成り得ることでしょう。それは、「お互いに関わり合う時間を産み出す栄養分」に成っているかもしれません。

　そう、わたしたちが息をして、食事をして、時には、サプリメントを飲んだり、運動したり、ほっとしたり、悩んだりと、何れにしても、体力がないとできません。

　たとえば「死にたい」と。たとえば「もう、止めてくれ」と。別に、生きることや治療を拒絶しているわけではないのです。「どうしていいか分からない」と、最大級の表現様式かもしれません。そして、「最小限度の告白」ではないですか。

　こんな自分に、どう対面するか、どう話しかけるか、この身と、どう折り合うか、この現場から、どう逃げ出すか……「ゴチャゴチャ」で大変なんだと。

　混ぜこぜになって、終いへと突進するエネルギー源になったりもします。

　こんな話、声にしてくれせんか。

　声にできませんか。

　誰も聞きたくないですか。

「死にたい」、「生きたい」と告白する人に「死か生か」の選択は、困難なことでしょう。他人が、どちらかへ後押しするなんて不愉快極まりないのです。

　わたしたちが臨床して出来ることがあるとすれば、その人の暮らしている姿が教えてくれる事態を、何度も何

度も読み直して想像することです。その姿は、死と生を迎え入れる様式を整えはじめていませんか。そんな生命の営みを露わにしている生身に臨床しているのは、その人なのです。

みんな、日常の暮らしのふとした場面の出来事でしょう。

たとえ、手術室であれ、政府の会議室であれ、法廷であれ、そこで話題にされている事態は、みんな、生活現場からのその人の伝言なのです。

人類は、自然の生態系の織り成す環境と交信しながら、暮らしている地域から「風土の薫り」を減少させてきているのかもしれません。

現在、人類は、まだ、新しい性の身体を創造していません。すでに、人間は、新しい性の感性を表現してもいます。

都市では、人間が構築した社会や組織が風土となります。その環境では、「自然現象は都市生活や組織規律を脅かすもの」のようでもあります。そのような社会環境を管理するシステムが常時作動しつつ、建築物や製造物そして人間の行動そのものまでもが、ランダムに物理的にも化学的にも圧力を与え合ってもいることでしょう。

一方では、変わらぬ佇まいを装い、一方では、目まぐるしい介入が常に発生しているのであります。

　そんな環境の中で、人間は、エピジェネティクス的に日常での暮らし方、健康や疾病の生成を「進化―退化」させていることでしょう。後成的に手にした遺伝子スイッチの「ON-OFF」は、人の身体に根付く前に、社会環境に放散され、予測不能な状態で「手渡し―受け取りの流転の嵐」が湧き上がっていることでしょう。

　殺傷を可能とする兵器や情報が、そんな「遺伝子の群れ」に混じっていたりもします。また、パンディミックでは、不潔恐怖症が集団感染したかのようですが、ひとりひとりの行動はランダムでしょう。

　これ、人類の功罪ですか。

「私」の功罪ですか。

　どうでも良いでしょう。

　生も死も、風土の薫る姿かたちに違いありません。

　社会の多彩な環境変動に臨場しながら、人は、このいまここで、その身から世界を表現しております。世界との出会いを、それぞれの「私」が唄い出していませんか。

　わたしは、今日この街で、息をしております。

2022年２月22日

　洗濯物が昼下がりの陽を浴びて、ゆっくり揺れています。
　デジャヴュかな。
　彼らは、気持ちいいのさ。
　ジャメヴュだよ。
　はじめましてだね。
　いまがいい。

2022年2月24日

　わたしは、患者や利用者と臨床現場で会える仕事をしてきました。

　かつて、会社の経営や行政との交渉に進んで身を乗り出したことがあります。そんな欲望に、身を任せていました。

　そして、多くの人の期待を裏切りました。信頼関係を壊したわけですから、わたしは不誠実であったのです。とりわけ、わたしは、自分の欲望に言い訳していました。

　わたしの体は、相手と同じ場所に置かれていただけで、わたしは相手の息づかいと臨床していなかったのです。

　今朝、布団の中で急に、貸借対照表と損益計算書の帳票が頭に浮かんできました。それで、あれこれと考えが廻り出しました。頭だけが廻っていては、臨床できません。

　堪らずに起き出して、メモをはじめました。

　貸借対照表から読み取れることは、まず「貯え」の状態です。貯えは「投資力」となり、次に、それは「贈与力」へと変わるのでもあります。

　損益計算書から読み取れることは、まず「実り」の状態です。実りは「生産性」であり、次に、それは「活動性」を表してもいます。バイタリティーなのです。

　労働とは、「はたらくこと」を労わることであり、そ
れは骨を折るからだと、字面から解釈できます。同じよ
うに、経営とは、「おさめること」を経ることであり、
それは道筋をたどるからだと、解釈できます。

　わたしは、「管理」の誤用を思い起こしています。「物
事がスムーズに運ぶように手伝うこと」が管理である筈
なのに、「その状態を監視して、行動を支配する」とい
う感じで管理をしていたことがあります。

　日々を営む横糸と時をしるす縦糸が紡がれない暮らし
を、わたしはしていたのです。

　経営管理も業務管理も、健康管理も、監視や支配され
ていたら、管理の働きは破綻したのです。わたしは、管
理と関わる相手と話す手立てを見つけなくて済まされま
す。

　これでは、「貯え」や「実り」の行き先が見えなくな
るどころか、はじめから、どのようにして産生したのか
ブラックボックスの中です。

　よく耳にする「組織の統治」とは、経営力と労働力を
産生することで、そこには分かち合う価値が産まれてい
ませんか。分かち合うとは、相手に贈ることができると
いうことだと思うのです。「社会と自然の土壌」に贈る
のです。生きものたちも物質たちにも、人もわたしにも、
育成される環境が生成されていませんか。

　その過程に、わたしたちは、それぞれの仕方で参加し

て、合意形成へと、それぞれの表現方法で至るのです。

　贈与力とバイタリティーは、事業持続の価値と土壌生成への参加として、その姿を現します。

　こんな想いが、二つの帳票からやって来ました。

　もし、対等関係や搾取関係からお互いが隔絶された状況より研究成果と成功事例が導かれたとすれば、それは不正取引と環境破壊の犯罪証明にすぎないだろう。自ら「アリバイがない」と、誇らしげに展示してしまったのですから。

　そこに展示されているのは、エゴイストの自殺記念日かもしれません。記念日の晩餐会に人々が集い、会場の外には瓦礫が群れています。

　わたしは、エゴイストの一人であったり、瓦礫の一欠片であったりしました。

　これでは、贈与力もバイタリティーもゴミ箱の中です。

　テレビから朝一番のニュースが聞こえてきました。ある国家の独立承認とか領土確保の話題です。

「その地の生活者たちが独立し、国を統治したいのであれば、先に国が独立するのではなくて、生活者一人一人が独立しているのである」と、呟いてしまいました。

　あるいは、そのように一人一人が働きはじめている筈なのです。そうでなければ、先に統治された枠組みの国

家があって、現地人がそこに移住したことになりませんか。

　そこの住処を守るとか、手に入れるとか、そのために戦うとか、独立が成立する過程に生じ得ます。でも、それらが、目的と成ったり、その行為を正当化したりします。

　人は、自ずとその地の移民に成れるでしょうし、その地には、すでに人は生活していたかもしれません。誰一人、拉致も捕獲もされていないのです。

　突然、動物園をイメージしました。

　動物たちは、なぜそこに居るのだろう。人は、なぜ動物園を創ったのだろう。そこには、観客がいて檻があります。檻の中に居るのは、動物ですか観客ですか、飼育員ですか。

　拉致や捕獲されたのは、一体誰ですか。

　そこに暮らしているのは、何方でしょうか。

　こんな仕方で、人間は戦争を正当化したのでしょうか。

　こんな仕方で、他人の生活を踏み潰して、流行りの美味しい皿を食べ歩き、最先端治療の幻の皿を手にしてきたのでしょうか。

　結局、こんな仕方で、わたしは自分の身体を管理しているのでしょうか。

　海へ山へ、森へ川へ、野へ、出かければ、わたしは生きものたちと会えるというのに。

2022年2月28日

　科学に、権威は不要であろう。ましてや、権力などをくっ付けたら、現象は、とっても不機嫌になるに違いない。

　こんな形式は、哲学や信仰にも、そう、考えることや信じること、そして、芸術や文化にもあるだろう。

　科学が純粋に事象と対話する行為だとすれば、その現場から導かれる理論、すなわち、伝言は、「ここから先に触れられないこと」、「ここまでなら触れられること」を明確に提示しているであろう。原子構造の解明が兵器や発電などの覇権利用になるとか、医療や健康などの平和利用になるとか、この分水嶺で思考しているのは「倫理」という別なる人間の働きで良いのだろうか。元を質せば、科学の提示は、「純粋ではない」と反証しているにすぎない。

　人が純粋に向き合うとは、事象と出会われている現場に居るということでしょう。つまり、そこ以外の場所と関わっていなし、無論、そこからの要請もないのです。だから、分水嶺に立ち、明確に提示できるのであります。原子力や薬剤の功罪とか副作用というものは、所詮、人間社会での許容範囲の課題なのです。その範囲でも、この身体、このガイアと出会われている現場からの声が聞

こえていますか。

　人類が滅びないという思いは傲慢だが、「人類も滅びる」という言い方も傲慢だ。滅びるか滅びないかなど、ガイアの歴史の事実で、死者は、自分の喉から語れないのだから。

　野原を通りすがる「息の一つ」が、人ではないですか。

　職場や家庭、公園や葬儀が繰り出す場面で、わたしは、人や物、生きものや風と触れ合っていたい息ですから。

　恋をして、一緒に居たい、一緒に居られないと。

　そこを越えてきた者が出会われ、ここを越えてゆく。一緒か、一緒でない、そんな一つ一つの事実が、終わりを刻んでくれよう。

　原子たちが恋をして、生きものたちが恋をして、歩いてきた森があって、歩いてゆく森があって、川が流れ、海が波打ち、風が鳴る。森の息づかいは新鮮で、留まったものたちの時間を産み落とす。

　わたしは、飛び立った。

　森では、予定通りじゃないものたちが、湧く水のように輝き、無駄を伝えてくる。

　森は、わたしを完璧な機械にしてくれる。

　すでにそこにある状況に置かれていたとしても、それが、親子や友人、学校や職場、社会や気候との状況であっても、わたしが感じ、発見し、そこに出かけて、初

めて関係するのだ。

　わたしは、完璧な機械になれた。

　飛び立ちましたから。

　患者は、ルポライターではないが、ルポルタージュをしています。

　信頼関係ができていますか。

　患者と医師が話をしないで。

　治療や保険制度を学習していないのは市民ですか。そのように利用してきたのも市民で、市民が患者に成ったり、医師に成ったりしたわけです。

　結局、自分の日課をいつものようにして居られれば、時には楽しく、時にはきつく、時にはブラブラして、時には休み、時には驚き、時にはまったりできる。こんな暮らしをする身体との付き合い方を、わたしたちは身に付けていませんか。それとも、誰かに躾けられないと駄目ですか。

　子どもであれ、若者であれ、年寄りであれ、この身の声が聞こえている筈です。だから、素直に身体が動いていませんか。都市のような管理システムの中では、何かのプログラムを使わないと動かせませんか。そうしてないと、健康じゃないのですか。

　山や海、野で働いていると、自ずとその場の後片付けをしながら手入れの仕方を学んでいます。そうしないと、

わたしは、変わらぬ環境に依存してしまうことでしょう。

　わたしたちは、その地で暮らしています。
　その地からの恵みを手に入れる仕方を身に付けながら、手入れの仕方をお互いに学び続けているのです。
　だから、そのような人たちと地との関わりを壊すような投資や支援は、グローバルな仕方での占領となり、その地の支配となりませんか。結果、その地は、他の地との交流を遮断されて、一本の通路で繋がれてしまいます。お互いの地から吹く風が、グローバルと飾りつけられた「正義の扉」で遮られているのです。
　なんせグローバルは一色がお好みです。だけど、その地はいつも多彩で、色合いが変わり続けています。

　元はと言えば、経済は、その地で暮らす生活者たちの生産と交流が担ってきたのです。そのような生活土壌に国家や為政者の出来事が起きたにすぎません。だから、国家やその政権が生態系を支配したことなどないのです。もし、「支配した」と思い込めたとする者たちがいたなら、彼らの眼や耳や肌が幻覚に支配されていたことでしょう。
　少なくとも、国と国、組織と組織、民族と民族との間に起きた紛争に対して、経済的制裁は無意義なのです。人権侵害や環境破壊によって「生産―物流―販売―リサイクルされる製品」を、生活者たちは「使わない―作ら

ない」と行為するだけのことでしょう。

　おそらく、経済システムは、一つ一つの地域の自給圏の生活と一つ一つの自給圏のネットワークが土壌になっているのでしょう。それは地域の温もりであり繋がりのしなやかさではないですか。このような地域社会は、人間と自然の共生ではなくて、人間が自然と関わり合いながら生活を持続している共生帯が産まれているのです。つまり、生きものたちがそうであるように、人間も自然から贈物を受け取り、自然に贈物を届けているのです。そんな働きが起きている場所が共生帯でなのです。

　だから、公権力を市民が支配する必要もないでしょう。権力の適用範囲とその執行の仕方との間で、市民は合意を形成し、その改変手続きに参加しています。これが、日常の生活場面であり、そんな場面を生活のネットワークが生成しているのであります。こんなネットワークに関わる社会のシステムを利活用しながら、市民は暮らしています。だから、使い易くするために、市民のひとりひとりが自身の生活様式を生産し、お互いに交際し合っています。

　このようなシステムとの関係の表現は、人間とガイアとの間に起きている生命生成のネットワークに類似していませんか。そして、薬の効果と副作用にも類似しています。

　その薬剤の成分が、生体ネットワークの中の限られた

機序に作用して改善すれば効果でしょう。でも、その作用は、他の機序とそのネットワークに支えられていませんか。もし、製薬と投与のシステムが生体のネットワーク生成に攻撃すれば、成分の効果は副作用となります。健康被害に至らなくても、わたしは、一時的に日常生活に不便を感じます。それを回復させているのは、生体ネットワークとセルフケアの対話ではないでしょうか。

　なぜなら、ネットワークやセルフケアは、「被対象としてそのように記述された運動」ではなくて、日常の世界で生成しているからです。そのあり様は、対話から生じ得ていることでしょう。そして、わたしたちは、対話を通して感じることができます。その現場に出かけたのはわたしに他なりませんが、そこに生成している日常に、「私」という人称は、お邪魔なのです。もし、国のシステムが主語に成ったりしたら、あるいは、わたし自身だけが主語に成ったりしたら、そこに居る生活者たちの人称を「後押しし易くする場面」に連れ去ってしまうことになります。

　それでも、そんなシステムの形成と遂行に関与しているのは、生活者ひとりひとりの日常世界です。だからこそ、システムを誰一人として自分のものにはできません。

　患者は、我が身の生産者ではありませんが、その手入れをしています。

信頼関係ができていますか。
この身とわたしが話をしないで。

2022年3月8日

　自ずと関わり合って織り成されている日常、そのすべてが、わたしが自ら体験する手前に起きているのです。

　これが自証性なのですから、すでに経験されている日常世界でしょう。この世界と、これから触れようとする、あるいは、立ち去ろうとする自分も、そこに居ます。

　だから、「あっちだ。こっちだ」と、綱引きされて連れて行かれては困ります。

　この病気に対して、どんな治療やケアのエビデンスがあるか、しっかり資料を手渡して分かり易く話してくれる。選択した場合の効果や成功率、リスクや損失ばかりではなく、治療中の日常生活について具体的な事例を話してくれる。主治医は医療に関わっているわけだから、そのような話をするのは当たり前の仕事の態度であって、その能力が問われていませんか。

　だから、「余命、何ヶ月です。この治療は困難ですが、こちらの治療を選択されたなら余命は何ヶ月となります」という説明は、傲慢である以前に、その医師は臨床医ですか。当然、こんな体制と風土に依存した療養指導もケアプランも、臨床した人の言葉に成っていますか。

　肝心なことは、これから起こすことなのです。

　その医師は、わたしの症状や生活状態をエビデンスの資料と照らし合わせて「何故このように判断し、何故このように伝えているのか」について話し始めてきました。「まず、余命何ヶ月と判断した証拠となる生存確率のデータの提示ではなくて、医師としてそのように評価した経過をお話しします。その上で、ご提案する治療法と想定される生活状態について、私の考え方をお伝えします」と。

　重要なことは、医師が「生活者である患者」について思い、わたし自身の出来事に対して語りかけることなのです。どんなに類似ケースがあろうが、類似ケースが無かろうが、病気はわたしの生活に起きていて、その事態を起こしているのはわたしの生身ですから、医師のテクストはわたしの出来事からの報告になります。

　もし、主治医から「ちゃんとした情報」が提供されなかったら、わたしはネットで検索を繰り返し、そこで会話することを選択するかもしれません。もちろん、わたしも「主治医と話をしようとしていなかった場合」もあります。問題は、「病気や治療の説明とか、それに要する資料が日常生活から生じた情報ではないこと」に、主治医もわたしも気づいていない事態が起きていたりすることです。

　それらの情報は、エビデンスにわたしの症状を照合し

たデータであって、わたしの病気という現場からのレポートには成り得ていません。診察は、主治医とわたしの「対話の臨床現場」でしょう。だから、対話、たとえば、相談や協議、時には雑談のない現場では、情報が生じ得ないのであって、それでは「情報のインストールの作業をお互いにした」にすぎないのです。

　4年ほど前、わたしは、「医師と会話のできる診察を受けたい」という都合を、主治医になる予定の医師に話しました。そして、わたしは、二つの医療機関を選択して、自身がまるで医療ソーシャルワーカーのように「繋ぎ役」を演じていることを愉しめるようになっていました。そして、二人の主治医に、「わたしの治療目的は死を迎え入れること」という主旨の手紙を手渡したのです。

　死亡日は、「何年何月何日何時何分」と記載されることでしょう。

　でも、今日のわたしにとって、その時刻は、「来るべき日」なのです。そして、今日が来るべき日に成り得ます。ただ、今日のわたしは、その時をまだ刻んでおりません。

　主治医がわたしに語りかけてきました。
「最初に申し上げておくことは、私は、あなたの病態から『どうして余命を判断したか』のエビデンスでの説明ではなく、私は『どうように考えているか』についてお

話しすることであります。もちろん、余命の判断とは、病状に対して現状で可能な治療をした場合、あるいは、それが困難である場合の統計的な想定の範囲です。そして、生命維持に必須の臓器が機能しなくなることにより導かれる死の現象であって、『あなた自身がどのように生活されていくか』について語ることは、私に許されておりません。

　癌の進行過程、そこには転移や浸潤を含みますが、それとこれまでの治療での効果と副作用のデータをエビデンスと比較することができます。そこから、統計的に処理された確率と平均余命との関連や他の可能性を推察するのが一般的です。もちろん、そこには、『判明しないことやデータが無い又は不足していること』も含まれてます。そこから導かれることは、『統計学上では、あなたの余命は6ヶ月の症例と類似している』ということです。ですから、類似していることも、類似していないことも、あなたの身体で起き得ているとも言えます。当然、この判断には、『想定された』という但し書きが付いています。

　そこで、本日、私は、『余命1年』という可能性をお話ししたいのです。たとえば、6ヶ月後の生存確率が40%とは、期間が短くなることも長くなることも起き得ます。そこで、1年間の生活も想定してみたいのです。これは、私の『思い入れ』に過ぎませんが、お話しした

いのです。

　では、そのように判断した私の考え方をお話し致します。

　現在、あなたは自宅で仕事をされ、身の回りことができています。そのような日常を維持できる範囲の痛みと治療負担に済まされていると、推察します。前回、『立ち上がったり荷物を持ったりするのが大変になってきた』とのご報告を頂きましたが、日常生活を持続されておられます。しかしながら、そのような日常の身体活動と余命との関連を統計化したデータの集積は、不十分なのであります。多くの場合、医師の臨床経験からの話題となります。

　何より、私が大事な事実と認識していることがございます。それは、この約4年間の治療経過で拝見した『あなたの考え方と取り組み方』です。あなたは、『治療を受けることには死を迎え入れることも含まれる』と話されています。災害時などにより糖尿病や高血圧症の服薬治療が困難になった場合に、『自身がどのように日常生活を送るか』を想定されていました。そして、ウィルス感染症や合併症などで重症化した場合の『延命処置や社会的に治療が必要となる事態の優先性』についても話されていました。『治療が可能な状況で治療を利用できる』というのが、あなたの考え方だと認識しています。そのお考えを実現するために、『セルフケアやセルフマネジメント』に取り組んでこられています。

　その実践が保健行動として持続されている事実から、私は、1年という期間の生活を想定できると考えたのであります。先日、想定される余命の時間の長短が、あなたの日常生活の最優先問題でないことは伺っております。現在、『死を迎え入れるように暮らしたい』と、思っておられるではありませんか。それを妨げない治療やケアを利用したいというご意向でしょうか。すでに、新たな原因治療や支援療法、緩和ケアや疼痛時の鎮痛と鎮静について事例をご提示しています。あなたが、その都度、どれを選択したとしても、ご意向に沿って対話していきたいと存じます。病状はもちろんですが、身体機能や日常生活に起き得る変化を話題としてお話しします。

　最後に、私は、あなたの疾患に対して以上のような考え方と姿勢で臨みたいと思っております。このような関わり方で、ご一緒させて頂きますが、よろしいでしょうか。」

　主治医がわたしに語った姿勢は、「診察した事実の蓄積と起きている事象を、どれだけ整理整頓して話されているかであります。どう評価するかは目的ではない」と、わたしは感じることができました。

　これから「死についても話ができます」と、わたしに伝わりました。

　ここに4年間通院して、初めての出来事です。

　この人が、わたしの死体に臨床する医師となります。

2022年3月12日

　ところで、商品に成ったものとは、どんな物でしょうか、どんなサービスでしょうか、どんなパフォーマンスでしょうか。時には、ボランティアが金品的に「無償の労務」として、社会的には商品に成り得ていませんか。

　何れであっても、商品の作り手と提供者、使用者には、嬉しさや困りごとがあるに違いありません。おそらく、商品には、相手の生活に運び、相手に渡し、その中身が息を吹き返すための器があることでしょう。そして、パフォーマンスする者自体が、商品には成り得ません。

　では、器って何だろう。パフォーマンスの仕方が器と成り、そこから提供された中身が「合意形成された範囲」で一時的に商品として扱われ、それを使って得た効果は、もはや、商品ではなくなっていませんか。効果が、使用者の生活に解けていきます。使用者自身の生活の仕方が器に成ってもいるわけです。そんな器自体は、商品に成り得ません。器の仕様や取説が商品に成り得ています。仕様や取説は、器のパフォーマンスの仕方の了解された範囲での商品です。だから、器が去ったその先で「贈り物」に成るとは、「器に思いを込めたり器から思いを受け取ったりする人の生活様式があるから」ではないでしょうか。

　一方、器が中身を届け受け取られる場面で、「所有者」が成立し器が消費される実情があります。器を使い捨てのレジ袋のように破棄できます。また、中身は、製品となる以前の生活から差し出される可能性があったのに、器に収納するために、その生活風土から分断され器に拉致されていませんか。もはや、薫りが立ちません。わたしたちは、器を潰したり中身をほったらかしにしたりもできます。

　コンビニやファーストフード店でハンバーガーを食べたら包みを捨てる。バンズが具材を包んでいて、食材は遠く離れた地から梱包されコンテナで運ばれてきた。テーブルにコーヒーカップがあり、テイクアウトために包装してその包みを捨てる。また、使い捨てではない食器も建物も、耐久とリサイクルの年数のある器です。では、器って、そんな形と役目なのでしょうか。

　それだけではないと、わたしは感じるのです。器は、誰かに運ぶもの、その前に中に収めるものとしての働きがありませんか。誰かの気持ちやこさえたものを入れて伝えてきたり、森の実や海の魚を包んで届けてきたりしていると思うのです。そんな働きが多彩な道具の形になっているわけです。そして、わたしは、使い終わった道具の形を作っていた素材を処分できます。

　でも、器の働きを投棄できません。もし、働きまでも捨てたとしたら、はじめから「器を破棄に便利な形状」

50

として取り扱っていただけなのです。わたしは、器と一緒に「包んで手渡す」という働きを経験し得ていた筈なのです。破棄を目的にした形状は、ゴミとなる手前に居られただけでしょう。それは、手と手の間の距離を移動しては、どこかに戻ってこられる器なのでしょうか。

　一方、その包装紙は、その場で捨てられていても、使い捨てとは限らないかもしれません。そのエコバッグは、繰り返し利用されていても、使い捨てかもしれません。要は、暮らしとのわたしの関わり方なのです。

　ゴミは、出口を焼かれ、行き先を消された嘔吐物ですか。あるいは、人社会の都合でリサイクルされる資源ですか。その区画には、人だけが居ませんか。大地から隔絶されたわけですから、そんな人の生態系は土壌に成り得ません。

　わたしは、この身に膨らむ「人間という冬芽」をゴミとして処理させている当事者なのかもしれません。

　少なくとも、わたしは、商品と成り得る形を作ったり使ったり処分したりできます。だけど、その利便性のために「働きや可能性と関わり続けられる自分」を使い捨てにはしたくないのです。

　そうなのです。薬を飲むことも、治療を受けることも、薬や治療を処分するための行為ではないのです。薬や治療にこの身を預けることでもないでしょう。それに、症

状の報告は、ゴミとなる手前の容器に入っているわけで
はありません。

　わたしは、届けられたものを受け取りながら暮らし、
一緒に病気に働きかけています。そして、わたしは、服
薬や治療を止めたり中断せざるを得なかったりしても、
この身への働きかけを停止する必要はどこにもありませ
ん。

　「この身は命を運び育み大地を巡る器である」と、近頃
のわたしは想像しています。

　こんな想いで、暮らしております。

2022年3月19日

　主治医に、このわたしは、どう見えているのだろう。

　わたしは、患者として彼と会っています。患者を、わたしは演じているわけです。少なくとも、診察の場のマナーをわたしは、果たしています。

　では、演じることについて考えてみたい。

　もし、俳優なら演技がパフォーマンスです。だから、シナリオにある人物像と俳優自身が違うのは、当たり前であります。俳優は、自身が演じる「自分の日常の一つ」を演技で表現しています。そこに、嘘を隠していることはないのです。ただ、その演技が拙いことを、別の期待やステータスで代償していないのならばですが。

　また、俳優には、虚偽の宣伝ために広告塔にはならないという良識があります。そうでなければ、感動は起き得ません。何かの振りをしているのが、演技ではありません。

　でも、わたしは、日常的に嘘を吐いたり、都合の悪いことを隠したりするために演技をしたことがあります。

　現在、わたしが治療を受けている内容、その事態は、他の患者の治療や誰かの健康管理に役立つサンプルになるのでしょうか。

　どんな治療であれ、どんな介護であれ、それらは事例となりデータベース化できます。でも、それだけの話ではないですか。はじめから事例は、臨床現場の臨場感でなく、合目的的に一定のアルゴリズムで記述されたデータの集積になったにすぎません。参考や資料にはなるという話です。

　だけど、基礎研究、つまり、わたしたちの「不思議を育む土壌」では、臨場感がヴィヴィッドで、その様はコケティッシュでもありませんか。

　不思議も好奇心も、教えられたり育てられたりするものではないでしょう。それらは、感じることであって、自ずと育まれるものです。窓の内側に居るだけでは、研究や製作はできても、自ずと感じることはできません。その窓は、はじめから出口を囲い、成果を要求しているのですから、入室許可証のない事象が入っては行けないのです。

　わたしは、どんな治療でも、その功罪をサンプルとして提供することに、何ら不満はありません。ただ、その治療のために製造される医療機器や薬剤、それらが物流し使用に必要となる設備、そのために係るコストを、わたしは考えてしまいます。

　材料となる鉱物資源、製造と物流と使用に係るエネルギー資源、その消費と廃棄に伴う環境汚染と、わたしの治療のために、誰かの生活や地球の環境を壊してはいけ

ないと考えています。身の丈に合わないのです。ずっと前からインシュリンを使用していますから、すでに環境破壊に加担してきています。わたし自身の症例や細胞がサンプルに成れるなら、遺伝子組み換えされた細胞で生体実験されるネズミやモルモットを減らす貢献にはなりますか。わたしは、患者の振りをしているわけではありませんから。

　病気の振りをするなど、とても、困難です。

　わたしたちの身体、その前に分子構造も、一方では宇宙やガイアの生成変化に適応した成果かもしれませんが、それだけでは謎が残ります。それぞれの個が運動し、それぞれに変化を受け取り、それぞれが環境を解釈していると想像してみましょう。

　それは勝手でバラバラな活動であって、宇宙やガイアは、その総体とか、特定されたどこかの出来事ではなくて、それぞれが運動しているのではないですか。運動がなければ、また、その運動が制御されたり運命付けられたりしていたら、そもそも運動ではないでしょう。

　個体がどんなに微小でも、どれだけ巨大になったとしても、それぞれに関係していませんか。創生は、このような日常性だと感じています。

　こんな感覚は、余命宣告のテクストが、きっかけになりました。その宣告も運動に耳を傾けた報告であって、

運動しているのは、紛れもなくこの身体です。

　わたしは、以前よりある計算をしています。それは、命との関わり方の計算で、それによる命の現象の受け取り方の計算です。命そのものの計算ではありません。

　いずれ、わたしは治療を止めて、この身だけでできる病気との関わり方をして暮らすのです。そこに死が誕生します。一方、インシュリン治療は、災害や戦争などの非常時には、中断されるのであります。治療を受けるとは、そのような事態が起き得ていない世界での出来事なのです。

　どちらであれ、この身体は、生活しています。

　死すことを楽しめないか。

　生きることも楽しめないのにできますか。

　でも、楽しい時はありました。死にも起き得ませんか。

　日常で、命の死と生の活動を感じるだけのことなのです。そして、生きたという過去があるように、死んだという過去もあります。

　わたしは、生命の営みを楽しめますか。

　どんなに格好つけて考えても、理念や信念と照らし合わせてみても、形振り構わず最新の医療を利用して生き長らえたい。わたしが出来得る限りを尽くしてみたい。それが他人や自然の営みを踏みにじるものであっても、わたしは、利用可能な技術と社会システムのある国で現

在も生きています。このように欲望を整理してみると、死を迎え入れることにあらゆる手立てを講じるのも健全な気持ちに思えてきます。

どうであれ、わたしは、何かをしたいと自ら言い出しています。生き長らえるのであれ、死を迎え入れるのであれ、わたしは今日を生きていたい。

こんな日常が、今のわたしの暮らし振りなのです。

こと切れる臨終に際して、「残念でした。どうして」と言うのは如何でしょうか。その生身は、死を迎え入れたのです。「お疲れ様。ありがとう」ではないでしょうか。そう言えないのは、「病気や災害、事件や戦争の所為だ」としたいということですか。だったら、それこそ「ご苦労様でした」でしょう。「悲しめない」と遺族が訴えているのです。悲しむことを壊されているのです。

人の行為を憎むから、罪を憎まないで居られるのではないですか。だから、復讐などしない。でも、「人を憎む」と復讐をすることでしょう。その人の全体が憎しみの対象となって、それ以外の全てが打ち消されているのです。もし、「罪を憎んで人を憎まず」と言うなら、それはとっても狡い。誤魔化しただけです。何かの所為にしたにすぎないのです。

わたしは、過ちを犯します。それを背負うことも、謝ることもできます。そして、生き直すこともします。こ

　の全ての絡み合いがわたしの人生です。そんな一つひとつの自分を憎むことも褒めることもします。

　でも、罪を憎んだり褒めたりできません。

　わたしが死ぬのは、病気の所為じゃないです。

　もちろん、事件や事故が、わたしの死を決定するわけではありません。この身体は、死を迎え入れる準備を常日頃していたのです。

　そのことが、死亡日にはっきりしたのです。

　あなた方に、このわたしに。

　こんな話をしているわたしは、主治医に演技を見せていたわけですか。命に、わたしは、嘘を吐き、都合の悪いことを隠していますか。虚偽の報告をしていますか。

　わたしは、そう思いません。演技をしたいわけではないですから。

　わたしは、主治医と話をしたいのです。

　もちろん、そのようにしています。

「今日、生きていられてありがたい」と、言葉にするのは難しい。

　ただ、そんな体感はあります。

　たとえば、「陽に照らされて柔らかな風に揺れる洗濯物」を目にした時に。

2022年3月20日

　忘れるって、変化することではないですか。

　忘れないと、ずっとそのままで在らざるを得ないから、変わりようがなくなってしまいます。

　変化しつつ変わらないことがあり、変わらないまま変わり続けることもあります。

　これが人間の記憶じゃないですか。

　こんな記憶がどこかで止まってしまったら、とても辛くなります。いや、空っぽに成ったのかもしれません。

　少なくとも上書きは、忘れることではありません。ただ、覆い隠したにすぎません。わたしは、忘れることを怠ったことになります。

　また、幾層にも保存された情報のネットワークが、記憶でもないと思います。

　わたしは、自分の死亡日を誕生日のように記憶しないことでしょう。

　でも、記憶は、日時ではありません。

　わたしは、もはや話しかけられませんが、この身は死を記憶したのです。

59

2022年3月21日

　葬儀は、ひとつにわたしの死体の社会的な処理の手続きであり、ひとつに家族や友人などが弔う機会であります。

　その前に、わたしの死に様があります。

　わたしは、治療経過中に、自宅で、路上で、死を迎えることでしょう。不必要に治療空間に留まらずに帰宅できますし、無闇に自宅にしがみつくのは自分勝手だと思います。わたしは、散歩したいのだから、外出先でこと切れることもあります。その外出先に医療機関もあります。医療機関は、路傍の施設ですから。

　だから、死を迎え入れるための事前指示書として、遺言として、わたしの気持ちをこのノートに書き留めます。

　最初に、わたしは、あらゆる延命処置を、全ての救命や治療の場面で望みません。

　その時の病状が、現在の主病である末期ガンであれ、合併症によるものであれ、急性の感染症であれ、事故で受傷によるものであれ同様です。救命救急現場で、生命維持に必要な医療装置を装着された場合も、速やかにそのような装置を外してください。

　また、その時点の最善の医療サービスを提供して、1

週間を経て次のような病態に成り得ます。
　①意識が回復しない状態。
　②意識は回復したが、疾患の回復を見込めない状態。
　このような病態となった場合、次の対処をしてください。
　①意識がなく生命維持装置をしている場合は、その装置を速やかに外すこと。
　②意識があり生命維持装置を装着している場合は、水分補給のみとすること。
　③生命維持装置を装着していない場合は、基礎代謝に必要なエネルギー補給もしくは水分補給とすること。
　そして、何らかの事情で全脳死状態や植物状態になった場合は、間髪入れずに心臓死になるように支援して欲しいのであります。
　このような身体状態に対する治療やエネルギー補給は、身体が「死を迎え入れること」への負担と成り得ると考えます。わたしは、そのような行為を全く望んでおりません。
　また、積極的な鎮静も望みません。わたしは、この身に別れの挨拶をしたいのです。（2022.12.15別紙参照）

　それから、葬儀は、次のように執り行って頂けるとありがたいのです。
　家族のみの直葬でお願い申し上げます。喪主は、わた

しの死亡日に生存している配偶者または実子となります。但し、誰一人いない場合、あるいは、遺体の引き取りを拒否された場合、法律に基づき遺体の処理をして頂きたい。お経と戒名は、不要です。

　火葬後の骨は、パウダーにしてください。そして、参列者が移動に負担の掛からない所にある川か海に、流して欲しいのです。もはや、何の栄養にも成らない物質ですが、少なくとも、川や海を汚染しないレベルかと、考えております。海は、物質や生命が誕生し、生成変化し、死を迎え入れてきた土壌だと、わたしは思ってきました。

　一連の葬儀と埋葬、遺品整理にかかる費用は、わたしの生命保険の死亡保険金または預金で支払ってください。なお、わたくしに相続する資産が残った場合は、法令にも基づき処分して頂きたい。

　以上が、わたしの事前の指示であります。

　この時代、この日本では、医療のテクノロジー的にも社会システム的にも、延命とその中断が技術的に可能です。

　100年生きようが、ゼロ歳児であろうが、胎児であろうが、わたしは死を迎え入れる用意をしていると思っています。当然、身体は、生を迎え入れる用意もしています。

　その用意は、生命活動の表現に成り得ているわけです。

　そして、その表現は、風土や社会や生業と関わりながら、たとえば、年齢や生活の日常として、身体の振る舞う姿になっていることでしょう。それは、杣人の、狩人の、牧人の、野良人の、海人の、吟遊詩人の、旅芸人の、遊牧民の、村人の、市民の暮らしに表現される生と死の出来事なのです。だから、健康管理や生活様式のグローバルな指標で、身体が営んでいる姿を比較採点され、一定方向に誘導される必要はないのであります。

　生き、死す、その場で、身体が時刻を報せます。この身の振る舞いは、自然や社会と関わりながら、わたしの手許に届けられてきた生命活動の出来事でしょう。

　だから、死を迎え入れる治療とケアがあります。

　ちなみに、現在、我が国には尊厳死や安楽死の法律はありませんから、延命の中断を検討する臨床現場で「NoともYesとも」言える公の基準がありません。そのため、不適切な行為は、自殺幇助や殺人教唆などの刑法上の取り扱いになっています。それでも、人工呼吸器を外すとか、鎮静剤や筋弛緩剤を投与するとかは、実際に「指標や提言」などを参考に可能であり、かねてより人工妊娠中絶手術は法的に実施可能であります。また、尊厳死や安楽死の議論上の枠組みは、いくつも提出されています。しかしながら、これらは、心停止に至らせることを技術的・制度的・公的な指標などにより遂行できるかという話であって、「身体が死を迎え入れる経過」と対話して

いるわけでありません。もちろん、「生を迎え入れる経過」に対してでもあります。

その心停止は、死を迎え入れる挨拶になりましたか。

その処置は、生を迎え入れる挨拶になりましたか。

「生命維持を中断するための手続き」が、身体の起こす死と生への対話の暇には、成り得ないのです。そうであっても、わたしは、その時間に暮らしています。

人工臓器であれ、臓器移植であれ、再生医療であれ、そこには製品と手技、容器と物流、そのための社会システムの確立があります。結果、器官を科学的知見内の機能として限局化させた臓器に加工することで代替が実現しますが、命が代替されるわけではないでしょう。生き長らえたその生身は、「死して生まれた身体」ではないのですから。

そのような人間の行為が可能となっているのは、身体が製品や手技などの人間の介入を受け入れているからではないですか。

生かされて在ること、死に至らされること、そんな手続きが可能となったわけですが、これは、一方で飼育、一方で自殺のコンテクストに似通っていませんか。どちらも、人間と社会との関わり合う生活事情から導かれる「設定されたある目的」に向かっていませんか。

だから、命の目的と一致しませんし、生命活動との対

話する手続きとも限りません。これは身体の私物化であり、その手続きを社会的に共有化したことになります。

そして、そのような社会的行為は、殺人や戦争における身体の取説へと展開してもいます。人間は、このような関係を創造できるのです。

それでも、飼育や自殺という扱いと、生命活動は折り合いを付けていませんか。だからこそ、飼育も自殺も実現可能になっているのです。

これは、この身体への軽蔑である以前に、「わたしが人間であること」への差別にすぎません。

死も生も、この生身に起き得ている生命の表現ですから。

わたしは、その傍らで右往左往しています。

健康寿命の延伸、延命処置によって生かされたところで、この身の健康や生命と、わたしはどのように付き合っていくのだろうか。ユニバーサル・ヘルスケア・カバレッジとして成立していない局地的な最先端の医療やケアのサービスと、わたしはどのように折り合いを付けるのだろうか。

わたしは、そのようなサービスとの結び目でも繋ぎ役でもありません。ただ、拾い手に成れたり、橋渡し手に成れたりするかもしれません。

小石を拾うのもわたしですが、それを投げ捨てるのも

わたしです。でも、小石をそのままにすることも、隣に
転がるお手伝いも、わたしには可能でしょう。

　小石がそう語っていて、そうわたしが聴き入れられた
なら。これが、この年頃に成ったわたしの狡さです。

　わたしは、毒杯に口を付けられません。

2022年3月23日

　わたしは、4年ほど前に糖尿病と高血圧症に関わる主治医を変更しました。そのころから、「この先にはあるのは死ぬことだ。どう死ねるかだ」と思い、その方法を検討しています。

　時には、ふと死にたくなり、何もしたくない朝もあります。でも、毎日、早朝から執筆をして、週に数日、顧問先の臨床現場には出かけています。自分の死を考えていることが素地になって、面談の一助になってもいます。

　あるお年寄りの方は、「娘に迷惑をかけて生きていたくない。早く死にたい」と悲しそうな表情で、でも怒っているかのように話されました。別のお年寄りの方は、「今日も、いつものように過ごせたら良いのです」と手を合わせていました。

　ある難病の患者様は、「人工呼吸器をしてるから、僕の身体は自ずから死ねない。僕が決めなくてはね。行きたい所があるから、その後に、どうするかはっきりさせたい」と吐露されました。別の人工呼吸器を使用している患者様は、「意識が無くなろうが、この心臓が止まるまで生き尽くしたい」と瞳を輝かせていました。

　わたしは、そばに居させて頂けました。正直、「やっとのこと、その場に居られた」のですが。

　先日、事前指示を込めた遺言を文字にしたのですが、一つの詫びと、一つの整えを留めておきたい。

　最初に、カミさんへの詫びを言いたい。

　わたしは、カミさんを看取ることにしていました。数ヶ月ばかり年上だが、そうしたいと思ってきました。そんな世話をするのは、「自分自身でありたい」と望んだからです。でも、カミさんを独りで過ごさせるのが、経済的にも辛いからという勝手な言い訳もあります。いや、彼女は「一人になれた」とほっとするかもしれません。でも、一人っきりで死ぬは辛かろう。それよりも、わたしは、カミさんにオムツを交換されたり、摂食の介助をされたりしてまで生きたくないのかもしれません。

　こんな情念に満たされたのは、わたしが如何に「この女が欲しくて、餓えたまま生きてきたか」なのでしょう。それでも、60歳を過ぎてからは、「お前を看取るのは俺だ。施設などには入れない。家で看取る」と明言してきています。わたしは、「ひとりで死すことにした」のです。

　どうやら、わたしが先に逝くことになりました。もともと、わたしの我儘で「看取る」などと言ったわけですから。

　お詫びします。

「ごめんなさい。」

　たとえ、戦争や災害で医療を受けられなくても、わた

しは、あなたにゆっくり話しかけ、時には膝枕をして、髪を撫でていたかったのです。

　次に、自分のこれまでの言い訳を整えておきたい。
　わたしは、餓鬼でした。やり方は違っても、間違いなく今もそうです。食べること、働くこと、騒ぐこと、書くこと、とにかく餓えていて、渇いた喉に酒を流し込み、悶えて転がってきたのです。
　こんな自分に余命宣告で明らかになったことは、医学的に「この身が心停止する想定時期」です。同時に、それまでは、生きていることです。
　4年前に始めた治療も、宣告後も、わたしには、それを受け止めている生身があったという事実があります。これは、偶然ですか。それとも、仕事柄、自暴自棄のようであっても隠れた取り組みをしていたという必然ですか。
　もはや、そんな説明は、要らないのです。「そのように、ここに今日あります」と。
「この身」がです。
　そうです。それは、外からの眺めた景色などではなく、景色に現れ出ているのです。
　どうやら、わたしは、その身と付き合いながら、時には鬱陶しくて、時には、聞かせられているようです。だけど、わたしが、治療の機会で学びながら、この身と付

き合うことが楽しくなったのは、確かな体験です。そして、死を怖い、退けたいと実感したのも確かな日常なのです。

　ホモサピエンスが脳を、そう殊更、大脳新皮質を発達させ、そのために手足や呼吸のメカニズムを変えるというリスクを冒しながらも、そのお陰でわたしは生存している一人であります。理性と感性の狭間に墜落した人間の一人がわたしです。思考と合理性、一方で感情と情動、その間が炸裂して断絶に成っていたのなら、わたしは、そんな渓谷も稜線も突っ走ってきたのだろう。そこは、暗くて、とっても冷たくて、でも、どこかに希望が落ちているような気がして。

　わたしは、毎夜ウロウロ徘徊して、忙しかったのです。

　治療も同じでした。
　初めから、治療の仕方とわたしの生活には「ズレ」があったわけで、それを自覚できたことが、わたしの歓びの一つになったのです。わざわざ、「ズレ」を埋めなくて良いのだと。
　話は飛躍しますが、人類史に戦争のない時代はなく、悩まない人間たちで街が潤ったこともないことでしょう。こんな図式を身勝手にわたしと身体の間に置いてみると、「ズレ」や「狂い」は、生きものの、いや、物質の生成にとっては、「当たり前でありのままだ」と思えてきます。

　人間は、「ズレ」があると、手を切って争ったり、手を取って助けたりもします。でも、これは、原子や分子の状態でも、DNAや細胞のレベルでも起きていませんか。「ズレ」は、間の生成する表現の一つでしょう。そこに、争いや助けが生じるとは、その表現型であり、もしかしたら物資の進化型なのかもしれません。それが、わたしの生活に具体的な生活様式として表現されていませんか。

　医療的な様々な検査結果は、標準値との相違を明確にしていますが、生活しているわたしの身体の基準値ではあり得ません。また、医師は、「代替臓器が命に危険を与えると判断した場合、その装置を外します」と、患者に具体的な説明をする立場に居ます。この臨床現場には、少なくとも二つの「了解可能領域」があります。一つは「医療の専門領域」であり、一つは「患者の生活領域」です。その生活には、個々人のライフコースや思い入れや体感などが絡み合っています。医師は「病状」を判断しますが、説明や病状を「どのように受け取っていくか」を判断するのは、患者自身です。

　疾患と病気は違います。あなたが心身の現象を判断過程から定義した事態と、わたしが日常生活で体感している事態は、同じには成り得ません。だから、わたしたちは、話をしたり、無視したりしています。

　診察では、了解にかかる時間の「ズレ」に留まらず、対面していること自体の「ズレ」が起こっています。だ

から、「ズレはあって良い」、これが日常なのでしょうから。

　脳の構造と機能がどんなに解明されたとして、つまり、そのメカニズムに対する薬剤や光刺激装置、学習や対話のAIのプログラムなどが最先端の介入の方法となったとしても、「わたしが今ここで感じ思っていること」とはズレがあります。これが、「ありのままに在ること」でしょう。

　介入方法に携わった基礎研究や応用科学の本来の成果は、「ズレを明らかにしたこと」です。だから、「ズレ」を解消したり包括したりすることが介入の効果でなくて、「ズレ」と対話し易くすることに関与しているわけなのです。

　ようやく、このような気持ちに、わたしは成れました。

　ずっと、「わたしと呼んでいる自分とこの身」がズレたまま、それを置き去りにして懸命に走ってきましたから。

　わたしは、遊牧民で居たいのです。

　墓石は、似合いません。

　この身が芽吹いたのも、この身が零れるのも、このテラですから。

　もちろん、そのときに、わたしはおりません。

　そうしたいのです。

2022年3月26日

　時々、「今」がとても不思議に思えてきます。そして、そう話しかけている「私」が不思議なのだと。

　今の連続が時間ではないし、「この今」が時刻でもないだろう。人は、「時」に間を捉えて経過を観察したり、「時」が刻まれる瞬間を体験したりします。日の出と日没、月の満ち欠けの周期を測ったり、四季折々の出会いや日常の出来事を機会と受け取ったりするのも、人の暮らし向きなのです。

　わたしは、「今」には、「そして」と「これから」の動きがあるような気がしています。「そしていま」と「いまから」です。過去という歴史が在り、未来という歴史は未だないと現れ、そして、ここからという動きに、「今」を感じているわたしがいます。こんな「私」が、このわたしにも、あなたにも、他人にも在って、何処にも同じ「私」は居ないのです。そして、死ぬとは、「私は」と話し出す「このわたし」と会えなくなることですか。では、生まれる時に「私は」と吐く誰かと会っていたのでしょうか。

　不思議です。

　でも、この身に「私」がくっ付いているわけでも、こ

の身に「私」が産まれたり死んだりしているわけでもないと、感じられます。「分からない」と、素直に言えます。

　ただ、「この身に話しかけたり、この身から話しかけられたりするわたしが、いまここで息をしている」、こんな実感が、時折、あります。

「私に会いたいという欲」が、死を前にして、強く強く思いに絡み付いてきました。「私に会えなくなる」のが、とっても怖くて怯えてもいます。今日のわたしは。

　さて、死んで「私」が無くなるのなら、もう誰とも会うことはないでしょう。「私が居なくても良いじゃないですか」と、思いたい。

　そうだ。忘れていました。「死すのも、生きるのも、このわたしじゃない」と。この身体です。わたしは、息を吐き尽くせたのです。

　もちろん、呼吸をしているのは、身体です。

　生まれる前から呼吸を整えてきて、死んだ後にも呼吸を伝えています。どちらにも、この身体はありません。

　身体は、呼吸を紡いで、手渡す「生命の中身」なのです。そこは、「集まった時間」の詩のようではありませんか。わたしは、息を吐いては、時を刻むことができたのです。

「時」には、過去も未来も現在もないでしょう。

「時」は、現れ出る手前なのかもしれません。

2022年3月28日

　どうして、この時期にと、思うことがあります。わたしの死す時期が、科学的に判明したのです。それは、余命の宣告という手続きでした。

　元はと言えば、わたしは、26年ほど前に糖尿病と診断されて服薬が開始されています。手術や放射線治療、免疫療法などの治療では治癒困難な末期ガンと、この年で分かったのです。でも、服薬をしていることそれ自体、死と隣り合わせにあったのではありませんか。

　余命の宣告の時期が異なっていたらどうでしょう。たとえば、思春期や子育ての真っ最中とか。あるいは、神経難病のために人工呼吸器の装着を迫られたり、腎臓疾患に対して人工透析が不可欠になったりしていたら、わたしはどのようにもがいたのでしょう。

　そして、カミさんや娘たちに、そのような事態が起きていたら、わたしはどのように振る舞ったのでしょう。彼女たちひとりひとりは、妻や子ではなく、すでに名前で呼び合う「そばに居られる人」なのです。

　しかし、そのようなことは起きなかった。

　これがわたしの暮らしてきた人生経過です。

　もともと、病気で人が死ぬわけではないでしょう。そう、思えて来ました。でも、若ければ、親子や恋人であ

れば、「病気に生きること自体を阻まれてしまった」と
嘆き、年老いては、「病気に自ずと死す時間で騒がれ
た」とぼやきます。別れを拒み、死すことを認めたくな
いのです。

　でも、病気に殺されるわけでも、生死の邪魔をされて
いるわけでもなかろう。病気は、生身の出来事です。

　わたしは、生死との交際の仕方を計算するのです。

　服薬や医療装置などの治療を使って暮らすとは、はじ
めから生と死の間に介入していたのであります。そんな
治療を自分の意志で決める、あるいは、災害や戦争など
の局地的そして国際的な状況が絡み合って中断されるこ
とは起きます。数分か、数時間か、それとも、数日か、
数週間か、心拍停止に至るのです。当然、その期間、わ
たしは生活しています。余命を計算しないと、わたしは
困るのです。

　生きものたちは、生態系の中で、そうしていませんか。

　死は、一つのお別れをすることなのです。会えなくな
ることではありませんし、会わなくても大丈夫という挨
拶でもあるでしょう。わたしは帰り、あなたは見送った
のです。自ずと、惜しむ気持ちが湧いてきます。

　これが、わたしたちの日常です。

　人間は、風土と共に暮らしていませんか。当然、わた
しの生業も食生活も弔いも、風土の色彩の一つになって

いることでしょう。だけど、「死を迎え入れる医療」と言うと、社会風習的には「犯罪やモラル違反」を連想してしまいませんか。そんなイメージを惹起する言語プログラムが、人間たちの社会風土の日常場面に植え付けられているのかもしれません。また、自分が生き延びるために「他」を蔑ろにしたり、自分が死すために「この身」を疎かにしたりするのも可笑しい。医療のテクノロジーや社会システムの発達は、どうやら、死すこともよりも生かすことに偏っているようだ。生かせなくなったから、人は死ぬわけではない。

　生命の活動に死と生が起き、その暮らしのあり様を表現している身体が実存します。その体感を語り出している「私」が、いまここに居ることでしょう。だとすれば、医療は、死と生を迎え入れる身体に働きかけながら、生命に語りかける手立てに成り得ていませんか。

　人間は、暮らしている風土と共に、ひとりひとりの死と生をあからさまにしていよう。それが、人生の寿命です。もし、みんな同じように在り同じように終わるなら、特定の場所に配置されたり特定の者に携帯されたりするディバイスが「人」かもしれません。だとしても、その動きは、「歪」であり得よう。人は、人間に成ることを諦めたりしない。

　里山ですかね。

　最近、とても憧れています。

　わたしは、里山に行ったことはありますが、そこで暮らしたことはありません。

　山の手入れをした経験がないのです。

　里山は、人が入れるところで、山が「お入り」と挨拶してくれるところではないでしょうか。人は、山に「お帰り」と出迎えられ、「行ってらっしゃい」と送り出されるのですから、「只今」で「行ってきます」と挨拶するのです。お陰で、様々な生きものたちの肌色や風合いに触れられるのであります。

　里の野や里の海もあることでしょう。でも、わたしは、収穫された命を食べたり使ったりしただけなのです。

　こんなわたしが、粉骨を「そこに連れて行って」と欲しています。これは、とっても我儘で、強情な話でしょうか。余命の想定ははっきりしましたけど、これから、わたしは里山に話しかけたいのです。もはや、手遅れでしょうか。

　そして、わたしは、詩を書いていたい。

　毎日、散歩して、それができなくなったら、床から部屋の光景を聞きながら肌で詠いたい。言葉に成る手前の時を感じていたいのです。

　わたしが暮らしてきた都会は、野の表面に張り付いた巨大なラップのようだと思えます。それでも、未だ陽が漂い、風が報せを届けてきます。わたしは、全身で陽の

溶け込んだ風を浴びて、その感触を風に贈りたいのです。

2022年3月31日

　病気の自分と「たとえば病気のせいと言ってる自分」とは、全く違います。ですが、どちらもわたしの日常の出来事です。何れかの自分を否定してみたり肯定してみたり、誰かに褒められたり打ち消されたり、どうでも良いじゃないですか。

　そうじゃなかったら、この場に居るのは誰でしょう。

　わたしは、里山の間伐材を薪にしたり木炭にしたり、燃えて産まれた二酸化炭素を、植林や間伐している森で役立てて頂く、こんな暮らしが人にはあると思うのです。人の生活様式も、人体ネットワークも、そんな阿吽で何とかできていたのではないですか。その息が、自然や生身と交わす言葉で、顔に耳が熟してもいませんか。

　科学や宗教、哲学の辿ってきた路傍に転がったのは、そんな呼吸ですか、腐葉土と馴染めない異物ですか。

　SDGsや脱酸素社会などの課題が明確になって、その取り組みが推進されていることでしょう。その枠組みには、ESG投資やサステナブル・ファイナンス、再生可能エネルギーなどの新しいタクソノミーが展開しています。でも、そのような持続可能性への人間の活動は、「人類とガイアとの対話」と、どのように関わっている

のだろうか。人間ひとりひとりは、自分の日常生活に一体どのような生活様式を生産しているのだろうか。

　少なくとも、大枠として扱える価値の典型例に沿っていれば、ひとりひとりの暮らしぶりは「余り変わらなくても良い」という話ではない。時には、寄り添おうと振る舞うひとりひとりの仕草を多様性と見間違えたり、寄り添えないことを個性と言い換えたりする自分がいます。そして、不協和音が鳴り響く社会には調和があると、勘違いします。

　むしろ、ひとりひとりが、ガイアとの対話から生活様式を変容させてはいませんか。その変容の仕方を学び育むことへの取り組みが、人類とガイアとの付き合い方を変革することだろう。

　だとすれば、医療やケアの臨床現場での対話の仕方が変容するから、社会システムが改善していくのであって、予めシステムの大枠が提示されているからなのではありません。提示された枠組みは、参考事例としての図式ですから、わたしたちは、それを試用しながら対話することができます。ですから、わざわざ、対話の反対語を定義しなくても良いのかもしれません。

　対話が難しくて紛争や破壊をするのだとすれば、それは、人間の全く別な欲求でしょう。

　そう言えば、感情や欲求、行動や社会適応などの制御

が困難で、一旦、日常のある場面に陥ることがあります。しかし、制御困難が私生活や社会生活に対して支配的に成ってしまうと、そこから出られなくなります。そのため、その支配状況との溝を何とかしようと、別に生活様式を構成して、それを習慣化しようと「新たに依存関係」を現実のものとしたりもします。あらゆる可能性を、一つの内容に封鎖したわけです。

「何でも食べないと大きく成れない」と言われ、食べていたら大きく成り過ぎた。そして今、偏った食事をして糖尿病になった生身と、わたしは付き合っています。

　ところで、人間と生物圏計画にて語られている「中核地域とは人間が触れてはいけない自然」であり、「緩衝地域とは人間が触れることの可能な範囲の自然」であり、「移行地域とは人間が手を加えることの許される範囲の自然」であろう。このように語り出しているのは、生物である人間の責任からではありませんか。

　自然の営みの現われの一つが、人間だということ。

　身近な日常場面の事象の一つとして、診療記録やケアプランには、人の生活の薫りが記載されていないようです。そんな主観的なものは、邪魔になりますか。

　だけど、もはや日常の道具と成り得ている万有引力の法則や相対性理論には、「物質の運動の薫りや人の思考の汗」が漂っていることでしょう。探求者たちは、「自

分が触れてはならない薫り」を感じ取っていたのです。

　では、食べ物に対して「もったいない」とは、とっても失敬だと思いませんか。そう口走る前に「申しわけない」でしょう。わたしたちの個体には、生物も物質もこの身に取り入れないと、誕生も生存も死もないのですから。これって、物質の進化形としての身体であって、宇宙の素顔の一つじゃないですか。

　本当は、「ありがとう」なのでしょう。

　植物とか動物とか人工物とかの分類など、どうでもいい話です。この生身は、わたしの勝手にはなりませんし、わたしの物でもありません。絶対他者とは言えませんが、「生身はわたしそのものではない」と、感じ入っている自分がここにおります。

　大切なことは、「この身の肉も心もあなた方にお任せ」と、わたしの暮らしから言葉に成りますか、です。生物の死には、こんな「贈り物としての気づかい」があるのかもしれません。

2022年4月1日

　起き立てから、頭がごちゃごちゃしています。
　気持ちが左へ右へと回って縺れてもいます。

「AはAであって、BはBであって、AはBではなく、
BはAではない。」
「わたしは末期ガンであって、末期ガンはわたしではな
い。わたしはわたしであって、末期ガンは末期ガンであ
る。」
　では、同じわたしと、同じ末期ガンはあるのだろうか。
「いや、そうではない」と言えるとは、どういう事態な
のだろう。
　語るまでもありませんが、身体をわたしが産み落とし
たわけではないし、ましてや、わたしが生命を創造した
のではない。わたしは、この身に、時には耳を傾けたり、
時には知らんぷりしたりするものです。
　また、ごちゃごちゃしてきた。
　こころがぐるぐる回りはじめた。

　AはAではないとして、そのAは「そのように在る」
ではないですか。では、末期ガンはでないとしたら、別
の疾患ということでしょうか。どちらであっても、わた

しは「ここに在る」わけです。記号であれば、それを否定することは、「そこに在ること」を打ち消したり消去したりして、記号自体が「そこに無くなる」のであります。

　それでは、その記号は、どこからやって来たのですか。

　わたしの生活に発生した出来事から「わたしたちが了解し合える領域」に記号として移動したのではないでしょうか。だから、そこの手続きに基づいて取り扱われた処理の結果が、否定や肯定なのです。

　そして、その記号は、わたしの生活に戻ることができます。ただし、戻ってきた時には、否定や肯定という領域での効果が付いています。わたしは、そんなコンテクストに置かれた記号と話をすることになります。いや、もはや、見たくもないのかもしれません。

　記号は、人工物なのです。わたしと同一ではありませんが、全くの異物でもありません。すでに、わたしのあり様に攻撃的であったり、ただ、わたしを丸め込んでいたりもします。

　否定や肯定は勿論ですが、格差や差別も、選別や区別も、それらは、客観化の手順によって裁断された「存在者のある断面」ではありませんか。そのように情報化された記号の一片を、わたしは、拒絶や蔑視の文脈から語り出すことができます。こんな態度が落としたにおいが、あなたの心に同心円的に拡張しながら、終いにお互いの出口を圧迫してもいます。

　こういう事情が、わたしの日常生活にあります。

　ところで、人格は、バラバラで良いでしょう。
　それぞれの仮装を身に着けて、ごちゃごちゃしているのです。その都度、そこの状況やその時の気分で、素直に振る舞っているだけのことでしょう。
　だから、プログラムがあったり、何かを誤魔化したり、都合の良いものを手に入れるために、操られているわけではないのです。わざわざ、人格を統合するとか、厄介な人格の記憶を消去するとか、上手に調整することはないでしょう。特段、ある記憶を焼いたり再編集したりと、操作しなくても良いではないですか。そんな扱いを受けるのが、わたしの記憶ではありません。
　そのままなのです、人格は。では、そうである自分と話ができたら良いではないですか。「ほったらかしに」しなくても済む筈です。そうしたら、話せない事情や知らずに居るわけに気づけることでしょう。

　それから、「過ち」は、社会的に犯罪と認定され得ます。
　時代時代の法律に基づき、裁判で罰が確定するわけです。わたしたちは、そこに暮らす社会人として、罰を受けることによって社会的義務を遂行できるのであります。
　しかし、それによって、「過ち」が赦されるわけでは

なく、贖えることもないでしょう。自分自身と被害者や
その関係者にとって、罰を認めることはできても、「過
ち」を赦すことは、別の事態なのです。

　たとえば、戦争は、「過ち」として認められたり、止
むを得ない事情で正当化されたりすることがあります。
軍隊や警察そして法律は、市民の生活と国家の体制のど
ちら側に傾いているのでしょう。時には、ひとりひとり
の人間が権力者に豹変したりしませんか。戦争当事者や
戦争犠牲者が、加害者や被害者が、その「過ち」に気づ
いたとして、お互いに赦し合えるとは限りません。

　そこには、いくつもの正義や悪が階層的にも型枠的に
もあるかもしれません。ただし、それはごく自然な実情
でしょう。肝心なことは、自らの行為が巻き添えにした
実態に、話しかける気持ちではありませんか。

　人間は、どちら側にも成れます。赦せるとしたら、「過
ち」ではなく、「そこに起き得たこと」かもしれません。
「過ち」を犯すこともあれば、犯さないこともあります。
それは、ひとりひとりの人生の出来事になります。「贖
い」は、それを起こし得た自分自身が招いている事態へ
の覚悟と成るまででしょう。ただ、自殺や心中では、赦
す自分も赦さない自分も、同時に居なくなってしまいま
す。死しても、贖えなくなります。ですが、このような
事態は、この日常の場面で生活しているわたしに起き得
ています。その場面で、わたしは、どちらの側の自分に

ついて、「ここに居る」とも、「ここに居ない」とも、言えるのですから。

　法律で罰せられない罪、法律で容認された行為がもたらす罪、わたしは、命をこの手で握り締めたことに無自覚で済まされたりします。

　だけど、わたしは、命がこの手に「さよなら」を言わなかった罪の捕らえようないあり様に対面してもいます。

　おそらく、自由主義でも共産は成立していて、共産主義でも自由であり得ることでしょう。また、民主国家でも専制的振る舞いがあり、専制国家でも民主的な扱いがあり得ることでしょう。自由主義体制であっても、専制的な組織風土や日常場面があり、専制主義体制であっても、自由な組織風土や日常場面はあります。

　大多数の低所得者とオリガルヒ、スパルタカスとクラッスス、遊牧民と現地人、誰もが「市に集い立ち去る人」ではありませんか。また、市を占領したり、市に留まったりするのも人であります。多くの悲惨と統一は、そのような事情で起き得ていたりしていませんか。

　このような実情を、わたしは、卑近な生活場面で体感しています。それは、わたしの言語や表情の支配であったり、そこから出られないようにしている自分が居たりという文脈であります。

　わたしがイディオムやソフトウェアを使うとは、結局、

自分自身の出来事やその実感を他人事として扱っていることなのです。日常的には、スムーズであったり、とても虚しかったりします。そこには、「いつも繋がれっぱなし」になっていて、そうしていないと「身の置き所も、気持ちのやり場もない」という事情があります。

わたしは、何一つ伝えず、何一つ拾わずに済まされますので。

では、こんな臨床現場での実情は、如何でしょうか。

患者の生活活動や生活管理そして保健行動を理解するには、「doing、can be、will beの観点から関わる姿勢」が大切だと思うのです。身体活動には、adlやiadlが含まれ、生活管理と保健行動には、セルフケアとセルフマネジメントが含まれます。

そんな観点を持ち合わせていない医療機関のソーシャルワーカーや保健師、管理栄養士や医師、介護事業所のケアマネジャや介護職、看護職やリハビリ職と会うのは、とても辛い時間になることでしょう。ただ、その能力が備わっていないわけではありません。そのような関心を向けられるように「自分を育んでいるか」という話題であります。

実のところ、わたし自身も、「慣例書式」に任せていたりします。それは、「関わるのが面倒だ」というものです。

doingは「いつもそうしていること」という日常性であ

り、can be は「条件が整えばできる」という可能性であり、will be は「気持ちが前に出る」という志向性であります。そして、取り組みから実現したことの持続への支援となるのは、「見えたり隠れたりする伴走的な見守り」ではありませんか。そんな臨床現場では、対話が無理なく交わされ、協議が開始されていることでしょう。

　意志は、その場から貫かれるものです。

　虚しさは、その場に居られたら十分ではありませんか。

　いつも、誰かにそばに居られたら鬱陶しいのですし、関心を向けられないことは、ある種の攻撃なのです。サービスは、はじめから日常生活に起き得る成長や絶望、自立や孤独に関わっているわけですから。

　わたしは、どちら側にも成ります。

　わたしは、チョウチョが大嫌いで、想っただけでも吐き気がして、心底こわくて堪りませんでした。

　幼稚園に通う年頃のわたしは、虫取り網の中で羽ばたくチョウチョを小さな足で踏み付けていました。それが、わたしの一人遊びでした。ある日、わたしは、潰れても羽ばたこうとするチョウチョを目撃しました。その時から、チョウチョ採りを止めました。

　それから、20年近く経って、最もおそれていた夢を見たのです。わたしの周りを数え切れないほどのチョウチョの渦が巻いていて、息ができません。溺れて息をつ

くかのように開いたわたしの口に、一匹、飛び込んできました。

　咄嗟に、「ごめん。食べられなくて」と吐き出しました。その後、チョウチョの画像や標本を見ても、吐き気を催すことがなくなりました。

　わたしは、罪の一瞬を経験したのです。それからも、そんな瞬きを、この身で繰り返してきました。

　わたしは、「過ち」と「赦し」と「贖い」の出来事を忘れることもあれば、忘れないでいることもあります。どちらであって、わたしは、そのような構造が「この自分自身にある」と、気づくことができます。

　そして、わたしは、その場に起き得たことを「全て」と感じることがあります。では、起き得なかった全ての、「語り尽くした」と明示する全ての、沈黙に触れてみたい。

　左回りにAに成っていたり、右回りにBに成っていたり、わたしは纏れて、どちらにも成っていたりします。

　今日は、朝から落ち着かない一日でした。

2022年4月4日

　先日、主治医と死について話をしました。

　現在のわたしは、身の回りの人の死を経験してきて、自分自身の死を迎えるところにいます。

　主治医に、医師として関わる患者の死、身内や友人の死、そして、自分自身の死について伺ってみたかったのです。

　面談する前に、自分の気持ちの状態を確かめていました。

　わたしは、生身の表現が時に間を創り、刻み出された時の音をわたしは聞くのだと、思えてきました。そんな生命の声が、宇宙という時空の腐葉土から創造されるのです。生命は、声のパフォーマーなのかもしれません。そんな構造を表現する身体が、ガイアに生活しています。

　これは、わたしのインスピレーションです。ところが、わたしの日常生活の足元には、こんな実情があります。

　わたしは、人と上手く話ができないことがあります。それは、精神疾患の所為ではないでしょう。仮にそのような症状があって、話をすることを妨げたり、社会生活の差し障りに成ったりすることもあるかもしれませんが、そのように生きている自分自身が居ますから。

　若い頃、恋人と会えない時間が不安で、妄想に振り回されました。もちろん、妄想に走ったのは、わたし自身です。これが「わたしの様式」となって、日常のいくつもの場面へと分化していきました。

「愛してる」とキスするのは、「お前がここに居る」と確認したいだけで、激しく抱けば抱くほど「お前は全く別だ」と、わたしは引き離される裂け目に堕ちました。そして、這い出そうとセックスを繰り返したものです。こんな生活を続けるために、逃避の術を身に付け、自分を誤魔化す技を買いに出かけたものでした。

　そして、カミさんと話ができないとしたら、ガン性疼痛の所為ではありません。痛みがわたしの思考や感情を切断して、やがて、それさえも感じられない意識レベルになって、わたしは横たわっていることでしょう。そうだとしても、会話が生じないわけではないのです。

　カミさんの声は聞こえていて、わたしは語りかけているのです。これが生身じゃないですか。

　たとえば、妄想が他人の振る舞いや世界の出来事に憑依して、そこから「帰ってこれなくなったわたしがいる」としましょう。時には、幻覚が攻撃してきたり、話し相手に成ったりもします。痛みがこの身の生活となって、そこから逃げ出せなくなったわたしがいて、鎮静剤は逃げ場になったり「ひと休み」になったりすることでしょう。

　わたしは、長いこと生身の声を聞いてこなかったのです。

　だから、妄想や苦痛との往来を遮断することに必死になったのです。あの頃のわたしの声は、外に向かって出ていなかったようです。自分だけに向かっていて、どんどん声が溜まり続けていきます。空っぽの胃の中で、響き合うこともなく、消化されずに固まっているみたいなのです。今も、そのような癖は残っています。そんな様式に依存しているとはいえ、しんどいながらも、そうしていないと生きていられなかったわけです。ただし、依存や妄想は、様式に生死を閉じ込め、我が身とわたしの断絶に辿り着いてしまいます。

　だけど、疾患や症状と呼ばれているものは、身体からの報せなのじゃないですか。時には警鐘のように、時には音なき吐息のように。

　わたしは、妄想や苦痛の現象に疾患名や症状名を求めたりしましたけど、この身は「そう現れる前も、その後も」経験しています。これが、生身の生活世界でしょう。

　行動や思考があるパターンに依存しているからといって、すぐさまアディクションと診断されるわけではありません。診断されることに依存することは、別な出来事だと思うのです。自分の生活に起きている依存と診断をどのように交流させるか、そんな問いかけをわたしはし

ます。

　課題は、パターンという領域に出入りしているのか、そこへ出かけたままなのか、そんなところから発見されることでしょう。出かけたままでは、日常の生活世界の変動から引き離され、時には二つ割りにされて孤立してしまいます。何とか、出入りしていたとしても、何時できなくなるか不安になって仕舞います。

　そこで、依存に至る要因として、精神作用性のある物質や行動パターンの効力感の体験を引っ張り出します。それを症状例として記述することは可能です。そのような物質や行動パターンが、「生活領域との出入りを操り、社会の中で暮らすことを難しくする働き」をしていることになります。

　一方、その働きは、生活世界を経験している身体からのメッセージでもあることでしょう。それを聞いている自分もいれば、耳を塞いでいる自分もいます。あるいは、他人を通して聞かされたりして、それがうるさくて防御していたりという事態もあります。

　また、日常生活でのやり取りに何らかの差し障りを感じていない人は、居るのでしょうか。体の動きや気持ちの移り変わりに何らかの不都合を感じていない人は、居るのでしょうか。誰もが、何らかの障がいを暮らしの中で抱えていませんか。

　もしかして、自分はいつも通りでいるから、自分は皆

と違うからと、障がいを感じられないのでしょうか。それでも、そのことが、不安や奢り、恐怖や孤立という感情を煽り立てていませんか。

　自分自身は、障がいを持つ人の仲間じゃないと。

　でも、その時すでに、「あなたは自分の障がいを眺めていながら、その場から立ち去ろうとしているのだ」と思います。人は、そう易々と、仲間になったり、自分自身を認めたりしませんから。

　ただ、障がいを持つ人など居ないのではないですか。また、特殊な才能を持つ人も居ないと言えます。人は、「障がいや才能を暮らしの中で表現できているのだ」と思われます。人は、個性を携帯できません。

　だから、日常で出会われる出来事と付き合う仕方を、「ひとりひとりが自分自身のでき得る限り手入れしている」と言いたいのです。こんな関わり合いには、健康な営みが生成していませんか。

　眺めていたままでは、立ち去ろうとしているだけでは、その狭間で感覚に気づかないようにしているなら、健康な状態ではないのかもしれません。

　たとえば、自殺について話す時に、「死」を避けて「生」に偏った展開に誘導しようとしませんか。なぜなら、自殺は、「自分の身を殺すために心停止となる手段を講じ、それを行った自分も一緒に死ぬ」と考えられる

からです。だから、その行為は、逃避であり無責任であり、犯罪であり罪であると。そんな世間的で社会的な決定づけがありませんか。でも、自殺には、明確な殺意はないと思うのです。苦痛や苦悩を終わらせようとしたのです。ここには、安楽死や尊厳死にも通じるところがあります。だから、苦痛や苦悩を与えている第三者から身を守るために、第三者を殺すこととは違いがあります。

　もちろん、この身体を「自分の生活に苦痛と苦悩を与えている第三者」とすることもできます。この場合、その身体を代表しているものは、「病気や障がい、生き難さや孤立」であったりしませんか。そのようになった場合でも、「自分が生き残ることを欲していない」のが、自殺だと思われます。「自分をお終いにしたい」から心停止に至らせた。ここでは、「終わらせた結果が死」という文脈なのでしょうか。その手続きを、実行したことになります。

　ただし、恨みを果たすため、快楽のため、名誉のため、隠蔽のため、略奪するため、凌辱するため、解放されるため、祈りのため、楽になるために、人は他者の死を望むことがあります。「何々のために他人もしくは自身の身体の生命活動を停止させるという行為の図式」に、自殺は類似しており、その図式で語られても不思議ではありません。でも、自殺は、はじめから身体との会話を閉じていませんか。身体と自分が「分離と一体」を反復し

郵 便 は が き

１６０-８７９１

１４１

東京都新宿区新宿1－10－1

（株）文芸社

　　愛読者カード係 行

ふりがな お名前		明治　大正 昭和　平成	年生　歳
ふりがな ご住所	□□□-□□□□	性別 男・女	
お電話 番　号	（書籍ご注文の際に必要です）	ご職業	
E-mail			

ご購読雑誌（複数可）	ご購読新聞
	新聞

最近読んでおもしろかった本や今後、とりあげてほしいテーマをお教えください。

ご自分の研究成果や経験、お考え等を出版してみたいというお気持ちはありますか。

ある　　　　　ない　　　　内容・テーマ（　　　　　　　　　　　　　　　　　　　）

現在完成した作品をお持ちですか。

ある　　　　　ない　　　　ジャンル・原稿量（　　　　　　　　　　　　　　　　　　）

書　名							
お買上 書　店	都道 府県	市区 郡	書店名				書店
			ご購入日	年	月	日	

本書をどこでお知りになりましたか?
　1.書店店頭　　2.知人にすすめられて　　3.インターネット(サイト名　　　　　　)
　4.DMハガキ　　5.広告、記事を見て(新聞、雑誌名　　　　　　　　　　　　　　)

上の質問に関連して、ご購入の決め手となったのは?
　1.タイトル　　2.著者　　3.内容　　4.カバーデザイン　　5.帯
　その他ご自由にお書きください。
（　　　　　　　　　　　　　　　　　　　　　　　　　　　　　　　　　　　　）

本書についてのご意見、ご感想をお聞かせください。
①内容について

②カバー、タイトル、帯について

弊社Webサイトからもご意見、ご感想をお寄せいただけます。

ながら縺れたかのようなのです。ですから、わたしは、
「縺れた日常の自分」と話をしたいのかもしれません。
　かつて、「会いたい」と、思わず口からもれたことが
あります。話を聞いてもらえる機会があって、話しかけ
られる機会が欲しかったのでしょう。わたしは、その場
に着くまでひとりなのです。疾患がどうのとか、自殺が
どうのとかは、話題の一つでしょうが、わたしは雑談を
したいのです。取り留めのない話をです。
　会える機会は、この部屋の中でも、外出先にも芽生え
る筈です。話を聴きながら、時折、話しかけたりして、
わたしたちは、話している時を刻んでいませんか。

　始まることが「生」とか、終わることが「死」とか。
　活動していることが「生」とか、完了したことが「死」
とか。呼吸していれば生きていて、心臓が止まったら死
んでいて。このような現象は、一つの個体の一つの種の
出来事です。それは生と死を示していますが、語り尽く
しているわけではありません。
　生命の運動が現れている生活世界では、生と死が共に
その時そこに表現され、それを身体が経験していません
か。もちろん、表裏一体とか、不二とか言いません。
「この身は素直に感じているのだろう」と、わたしは思
うのです。
　もし、生命が死を創造したなら、それは生を創造した

ことになりませんか。もし、生しかなかったなら、人間が製造した機械のように壊れて捨てられるにすぎないでしょう。もし、死しかなかったなら、そもそも、その場に機械は設置されたのですか。おそらく、「こんな話が生命を感じていない」と、曝露していることでしょう。

　死にたいとは、あることを終わらせたいのかもしれません。それで自殺するなら、「自分の身を心停止させる作業」をしたことになります。そんな作業をした自分も一緒に居なくなるわけですが、殺意は自分自身に向けられていませんか。だから、自分の様式を変更できれば「終わり」を迎えられて自分が日常にいるかもしれませんが、それが困難であるとか、そう欲し得ないから、そんな自身を無しにするわけです。自分自身の存在を亡きものにするために、我が身を心停止させるのです。自殺とは、身体に対しては「殺意なき殺害」であって、自分自身に対しては「殺意ある自死」ではないでしょうか。

　自殺と自死。殺意か避難か。殺害か幇助か。終わりか救いか。どちらも起き得ていて、どちらかは混沌としたままなのです。

　自殺と自死と、わたしはどのようにそばに居ようか。

　自ら死に至らしめたく、その間に自ら生きていると苦しんでいるか、自ずと死す成り行きに、その間に自ずと生きている有り様か。

　わたしは、いま、まだ、この身の話を聴いていないだ

けなのだろう。

　ただ、人は死すわけではなく死を迎え入れると、人は生きているわけではなく生を迎え入れていると、そんな巡り合わせだと、わたしは思いたい。

　人がどう生きてどう死すか。それは、あなたが閉じては開いている「このいま」なのです。わたしは、そのいまにおせっかいしないで済む人でありたい。

　そんな「このとき」に現れ在るとは、死とか生とかの成り行きなのでしょう。

　一方、「これで十分」と、死を迎え入れることもあるでしょう。その「十分」からは、「十分お世話になった。よく頑張った。これ以上負担をかけなくて良い」という気持ちを伺い知ることができます。身体は、自ずと死すわけですから、病気や事故や事件が死亡原因であったと判断されても、そのような圧力によって死を迎え入れたのは身体です。おそらく、自殺をする者の気持ちは、自ずと死を迎え入れはじめているかもしれません。その過程に、自殺企図を繰り返すもがきもあれば、静かに佇んでいることもあれば、唐突に決行することもあれば、事故や事件などで「殺して」と願うこともあることでしょう。

　でも、社会的に安楽死として扱われる死の迎え入れ方は、自殺でも自死でもないと思われます。その行為は、身体の成り行きに寄り添っていますか。治療やケアの介

入が安楽に死を迎え入れるお手伝いになっていますか。安楽に生活をするお手伝いになっていますか。その関わりを経験しているのは、生の身体です。わたしは、その実情を声にすることができるのであります。生身の生命活動に寄り添うということなのです。その日常に生死が産まれています。治療やケアなどのスキルも、わたしのセルフケアやマネジメントの努力も、寄り添う機会になっていませんか。

　では、生きたいとは、何かしていたいことなのですか。

　そこには、誰かと会いたいとか、望みを叶えたいとかもあります。それで依存するとは、延命や生活するための作業ですか。身体を自分がしている処置に拉致していませんか。でも、悪意が先にあるわけでもないように思えます。

　ところで、「生きたい」とか、「死にたい」と強く欲して願うとは、いつものことでしょうか。ふと、死や生の雰囲気を感じる場面もあります。絶望したなら、自殺さえもできないでしょうし、生きている感覚を失ってもいることでしょう。他者や社会、自然や身体との関わりを起こし得ない状態が絶望であるなら、生きることも死すことも、関わり合いに生じている生命活動ではありませんか。

　それでは、生命とは、どのように実存しているのでしょうか。

　そこに、生と死が起き得ているとは、どんな構造なのか。

　不思議を感じている身体があり、その身体が不思議を表現しています。そんな身体の声を聞くわたしがいます。身体は、声を発する生命体なのだろう。生命とは声だ。生きものたちが創造してきたものは、声を出す身体なのだ。声を発するには、まず長い沈黙があるのです。そこは土壌であり、一つ一つの個体に見守られてもいることでしょう。だから、声には、受け取ったという生の現れと、見送ったという死の現れがあります。これは、身体が声と成って土壌に向かって熟するということなのでしょう。

　わたしは、その喉元に居るのです。

　結局、わたしは、死すことも生きることも知らないまま、あれこれ妄想したり何かに頼ってみたりしながら、本日、長々と言葉を口にしているわけです。

　主治医は、ご自身の気持ちを整理しながら、次のように話しかけてきたのです。

「私は、医師として患者様の死に臨床してきました。それは、心停止などの医学的に判断できる死の現象でもあります。正直なところ、私が語れる死とは、『死亡診断』の事実です。そこに至る経過に、診察を通してご一緒した経験があります。仮に疾患の診断名は同じでも、人生

102

経過やライフコース、対人や社会との関係性など、患者様ひとりひとりの人格や個性は全く異なります。だから、私は、臨床現場で、それぞれの患者様から、ご自身が感じておられることやその時々のお気持ちについてお話を伺う機会を頂きました。私は、このような経験の中で死を診てきました。しかしながら、それを『死だ』と、私は語れません。

　申し訳ございませんが、身内や友人、ましてや自分事の死について語れるだけの用意を本日はしておりません。ただ、以前、あなたのお話を伺って、こんな振り返りをしておりました。

　私は、朝と晩、仏壇に行って手を合わせます。子どもの頃からの習慣であります。でも、私は、仏様に会っているのだろうか。礼儀を欠いてはいけないとか、これがマイルールのルーチンなのだからそうしていないと、という気持ちもありますかね。自分に心配ごとがあったりすると、『嫌なことが起こるかもしれない』という漠然とした不安を感じることもあります。儀式なのかもしれません。でも、いつも通りにしていないと、毎日のリズムが乱れる気がして、どうも落ち着きません。この辺りに、自分事の死との付き合いがあるのかもしれません。」

　帰り際、主治医にこのような挨拶をしました。
「大丈夫です。胃は、もたれておりません。」

2022年4月8日

　わたしは、「生命とか、身体に寄り添う」という言い回しが不愉快に思えてきました。そんなイディオムを使いすぎたという、自己批判でもあります。

　寄り添うには、「いつも居る」というイメージがあります。そして、歩み寄るには、「近寄られる」というイメージがあり、見守るには、「いつでも見ている」というイメージがあります。見守っている方も、いつもずっと、そうしたら、反射してくる自分の視線に縛られて「壊れてしまいそうだ」となりませんか。なんか、うざったいではないですか。「お互いに」と、頭に付けてみても違和感があります。

　単なる言葉の使い方なのかもしれませんが、しっくり来ないのです。「そばに居させてもらえる」とか、「近づくことが許されている」と、自分に言い聞かせているようで、抵抗を感じてしまいます。

　わたしの生活、わたしの人生、この身も、生命も、関わり合う運動によって創出された「形」ではありませんか。その形には、色もにおいも、音も肌触りもあって、輝が入っては襞に成ったりします。そこには、辛さや痛みも生じて、壊れることも失うことも起きているでしょう。絶望したら、煩悩も死滅もないかもしれませんが、

それは、喜怒哀楽も起きないということではありませんか。

　普段、関わる糸は解けているのです。四六時中、結ばれいたら身動きでないではありませんか。糸は伸びたり縮んだりと、関わる機会に行ったり来たりします。そんな場所では、関わりが渦巻いては消えて変動しているのです。だから、わたしたちは、そこを越えていきます。これは、超越とか飛躍とか、面倒な話ではないだろうと思います。ただ、そこから立ち去るのであります。

　おそらく、そのようにして、わたしの死が産まれ生が落とされていることでしょう。

　もしかしたら、「自分が死んだ後も会いたいのはこの人だ」という気持ちで、わたしは、この身や生命と会おうとしているのでしょうか。

　寄り添うとか、歩み寄るとか、見守るとか、会いたくなくてもできます。会いたいというのも一方的な話です。つまり、「会わなくても」できることが、たくさんあるように思えます。それは、わたしたちが遂行している様式の中で会うことです。もちろん、それが直ちにいけないことではないでしょう。そんな仕組みを作るのは人ですし、それを学習し実行しているのはわたしです。

　そうであるからこそ、「会うこと」について考えてみたいのです。その前に感じてみたいのです。このように、わたしは自分に訊ねてみましたが、会われる方は問うた

りしないものでしょう。その方は、ありのままに自分を
示しているのですから。

　4年ほど前に糖尿病と高血圧症の投薬を見直して頂き、
1日に摂取するカロリー量と塩分量が設定されました。
わたしは、毎日の運動量や生活リズムを改善し、生活習
慣を整え持続してきています。その結果、肥満から離脱
し、血液や各種エコー、MRIなどの検査では、ずっと
異常値の報告がなかったのです。医療費負担が約半分以
下になりました。
　この健康状態は、主治医とわたしのコミュニケーショ
ンを基にした保健行動によるものでしょう。わたしは、
リニューアルしながら持続しているわけです。
　では、どうして、そのような保健行動が実現し得たの
でしょうか。
　結論から言えば、この身がわたしの保健行動を受け入
れたのです。入院直前だった状態の身体が応えてきたの
です。「間に合った」というのが、正直なところです。
もし、間に合わなかったなら別な治療となって、わたし
は全く別な生活をしていることになったでしょう。この
場合、日常に表現される身体活動の成り行きを否定した
り肯定したり、そうです、言い訳したり仕方ないと言い
聞かせたりを繰り返しながら生活しているに違いありま
せん。

　何れにせよ、生命がこの身を通して語り出している事態をお迎えして、これまでの取り組みを振り返り今日の日を過ぎ行くわたしがいます。こんな時の移ろいが「自分を越えて土壌に成り得ているなら嬉しい」と思うわたしもいます。

　寄り添うとか、歩み寄るとか、見守るとか。

　それらは、そのように行っている自分から、時が越えて行くことなのでしょう。

「結ぼれ」は、嫌です。

　わたしが死を前にて、伝え残したいと欲するのは、断末魔でしょうか、単なる煩悩でしょうか。

　わたしは、どこぞの野に生えて、どこかの野に枯れます。

　あなたとわたしの間に、この身と自分の間に、身体と生命の間に、土壌となる平原が開けていると信じたい。

2022年4月9日

　この事が、かつて起きた事か、今ここで起きていない事か、まだ起きていない事か、あるいは、起きている事と思い込んでいないか、いまのところ、わたしは分かります。

　転ばないように注意したり、危ないと気づいたりと、この身が現在を刻んでいるような気がしています。

　ところで、人間の言語は、何故一つではないのだろう。

　一つであれば、便利で誰もが平和に暮らせるのだろうか。

　それぞれの民族で、それぞれの地域の日常生活で使用される言語は、いくつもあり複数の言語を話せる人もたくさんいます。では、言語が異なることは、人と人、生活と生活を分断したりしているのだろうか。

　不信と虚偽が、分断を招き得ていませんか。親子の会話や診療室の会話や集会の会話に、虚偽が混じり不信を誘発していたらどうでしょう。時にそれは、拒絶となり妄想となり、やがて、抗議や紛争や戦争に陥り、破壊へと辿り着いたりしませんか。「言語が一つでは無いことの故」なのか、「言語を一つにしたいことの副作用」なのか。

108

　しかしながら、人間は、草花や樹木、動物や気象と交流しながら、暮らしを成り立たせてきたのではありませんか。そして、「ここから先は入ってはいけない」と学んでもきたことでしょう。もちろん、人間は、人間以外の言語を使用しているわけではありません。

　おそらく、わたしとあなたは同一言語を使用しながら、それぞれの文脈や背景は異なっているのです。そして、了解している範囲は、同一言語の使用の仕方に依るものだと了解し合っている筈なのです。対話中、お互いこんな事情に気づくことがあります。もし、文脈や背景が同一なら、そこは実験室ですか、あるいは、生活のない小部屋ですか。

　人間は、対話することができます。お互いの言語が異なるからこそ、それぞれの文脈や背景に気持ちを寄せていませんか。

　この辺りに、言語が一つではない理由と、あらゆる言語の秘密があるのかもしれません。

　少なくとも、エン・コードしてデ・コードする作用の経過で、言語は記憶と関わっています。でも、記号化し神経細胞が結合し呼び出されるという作業が記憶ではないし、そのために言語が使用されてもいないことでしょう。

　ここに秘密があるのかと、思えてきたのです。

　バイオロボテックスやニューラルネットワークが、生活者の記憶や言語からメカニズムを学ぶことはあっても、その理論や技術がわたしの記憶や言語には成り得ません。プラグマティックな道具として付き合うことができるという領域を、わたしは発見するのであります。たとえば、その都度の事態に対して、わたしは、経験から対処事例を導き出したり、事例が無い場合は「新たな一手」を手順の事例集から導き出したりします。どちらの場合も事例を反復しただけですから、その頻度と差異は記録されますが、それらは「結果として取り扱われた答え」にすぎません。しかしながら、わたしは、そのように事態と関わりながらも、「答えのない現実」を経験しています。もし、わたしが「答えが在ること─答えが無いこと」に関心を向けないで居るとしたら、わたしは、事態と自分の関わりに「何一つアレンジしていない」のであります。

　わたしは、現場に居ないのです。

　このような「現場に居ないという事態」は、医療や介護のサービス提供現場によく見られます。「見ようと努めれば」の話です。医療機関や介護事業所には、ある種の「専制的な在り方」が蠢いていることでしょう。経営や職場には「その者がその立場に居るのだから」という決め付けの習慣があったり、サービス利用者には「患者だから、要介護者だから」という思い込みの取説があったりします。そのためか、利用者の健康や家計などに

「実際の損害」が顕在化するには時間がかかってしまいます。サービス提供現場では、すでに損害が起きています。最大の損害は、サービスの提供者も利用者も「事態にアレンジしながら関わる生産力」を身に付ける機会を臨床現場で喪失していることでしょう。そこでは、不具合や事故を隠蔽したり先回りの対処をしたりする以前に「気づかないことにする制御」や「気づいても口を閉ざす黙認」などのシステムが、作動している筈です。これでは、社会保険財政を逼迫させ、わたしたちの社会参加の仕方も健康な状態ではあり得ません。

「みんなで関心を向けないこと」、これが風土に成っていませんか。

　治療やケアの実用性、その根拠となるデータや理論から話し出される言葉とその記録は、わたしの言語とは違います。だから、わたしは、それらとの間に了解可能な領域を発見して出入りしようと、努力できたのです。

　記憶はいまここで起きている「現在を刻み出す働き」であって、言語はその時刻を言葉にしていると、わたしは感じています。

　わたしが生きている日常に、時は、裏に表に舞う栞が照り返してくるかのようであります。

　ところで、胎児である間、顔と会うことができません。

　でも、その顔を想像しているのは、わたしの時間です。

　もしかしたら、死は、生命がこのガイアの胎児となる
「時の栞」なのかもしれません。

2022年4月12日

　おそらく、理性や感性は、外界と自分の境で運動しているのだろう。その運動は、膜のようなものではなかろうか。だから、どちらか一方が働いているとか、優先的だなどということはない、と思えるのです。

　膜は、身体に現れています。

　理性は外界のありのままを写し、感性は外界の波打つ息を受け取っているのではないでしょうか。そして、わたしは、思考や感情を湧き立てます。この活動の最中、思考と感情が対立したり縺れあったり、あるいは、どちらかが占領的に成ったり調和して見せたりしているのです。一方は思いをアレンジして、一方は情を紡ぎ上げていませんか。こんなわたしの活動が、外で起きている事態とわたしの内で起こっている事態の間にある筈の膜の呼吸を圧迫してしまうことがあります。わたしは、息苦しくなって生き辛くなるのです。

　こんな感じで病気と付き合っている生活が、わたしの生活世界に成っているようです。

　ところで、医療やケアの臨床現場では、共感についてよく語られています。友だちとの会話、家庭での会話、職場での会話でも共感について耳にすることがあります。

当然、教育や外交の場でも、共感は大切な要素でしょう。

　もし、「わたしも感じているとか、そう思っている」とか、「わたしも体験したとか、その状況では同じだ」ということが共感と呼ばれているなら、違和感を覚えてしまいます。共鳴や相槌かもしれませんが、それは、取り敢えず「そうです」と思わせたり「あのう」と感じさせたりします。二つの感覚がそれぞれに動きはじめていたりもします。

　わたしたちは、相手と自分の違いに気づきはじめたのです。

　もちろん、お互いに自分の感情を優先しがちになる同情や、お互いに同じように振る舞おうしたがる同調と、共感は全く違います。

　我が身はわたしに同情しないし、わたしは我が身に同調しませんが、お互いに共感を手にしたこともありません。そして、わたしの表現の仕方に対する第三者の行為が、否定ではないこともあります。つまり、わたしの存在に対する否認であり、非在化であり、最終的に排除しようとしているのです。だから、その行為は、否定ではなく、我儘な拒絶ではありませんか。わたしは、こんな否定の杭を生身との間に打ち込んだりもしました。

　わたしたちは、何かに気づいたのでしょうか。

　卑近な出来事を振り返ってみると、同じ光景を体験していても、ひとりひとりの感じ方も表現の仕方も違うと

気づきます。

　たとえば、二人で買い物に出かけた店で、職員のエチケットが「悪いとか、良くしてくれたとか」、お互いに同じ印象を言葉にしたとしても感じ方は違いませんか。口から出たイディオムが共通領域であれば共感で、そうでなければ否定であるという話ではないでしょう。場合によっては、そのイディオムで話を終わらせたり仲違いしたりします。「あなたはそんななのね」とは、わたしがそこに居ることが煙たいのであって、「わたしもそうだよ」とは、自分が楽に成りたかったということではないでしょうか。

　また、マイルールやマイルーチンという様式に依存的であったり、逆に、様式がわたしの行動に支配的であったりすると、わたしは、外界の変化をちゃんと見ていないままで、我が身の出来事をしっかり感じられないのであります。

　つまり、そうしていないと「落ち着かない」とか、そうするように「駆り立てられている」とか、「何か悪いことが」とか。「いま、ちゃんとやった筈なのに」、わたしの気持ちは、穏やかではありません。

　こうして、わたしは、見当識を失ったわけです。今ここに居るのは誰で、ここは何処で、何をする所なのか、何時なのか、そして、誰と居るのか。わたしは、マイルールやマイルーチンによって、動作を通して結びつい

ていた外界との間の「目印」が分からなくなっていたの
です。むしろ、その方が、「苦しくても都合が良かっ
た」ということです。

　でも、そのような手順や所作、その様式とは、「基本
動作の適切な反復」ではなかったでしょうか。反復して
いるからこそ、自身のコンディションの変調や環境の変
動の僅かな違いを、その時々の自分で気づけるわけです。
そのお陰で、わたしたちは、様式を微調整したり更新し
たりできるのです。

　わざわざ、「マイ」などと頭をくっ付けるから、変化
も出来事も、様式の枠の中にジグソーパズルのように当
て嵌められてしまうだけでしょう。何より、わたし自身
が枠の外に出られなくなっているのです。

　もはや、わたしの声は、枠の中でこだましているだけ
で、外へと響くことはありません。

　思えば、共感がわたしに持ち込んだものは、「お互い
違います」ということでしょう。いまここで「そのこと
を感じ合える時間にそれぞれの仕方で関わった」という
ことです。だから、お互いのそんな体験から「そうなん
だ」と握手を交わせるのです。それは、全く違う手が
「結び一綻び合う感触」なのでありませんか。

　そして、否定するとは、相手への敬意の表し方の一つ
でしょう。なぜなら、相手の表現の仕方に面と向かって

対立している自分を露わに示したのですから。そうやって、お互い、その場に対峙して居られたのです。

　いまのところ、わたしは、我が身と共感していないし、病気を否定できてもいないようです。

　言われているように、生命は宇宙とこの地球における物資の出会われる運動から誕生したのでしょう。だから、わたしの身体もその一つなのです。でも、わたしの暮らしがそのような運動と共に過去も将来もあり得ていると、現在、わたしは実感していません。

　死すとは、この身からわたしが立ち去ることなのだろう。

　身体がわたしから去ったのではないようだ。少なくとも、生きている間は、自分が感じていること、自分でしていることという感触があります。仮に、わたしに意識が無くなっていても、この身が感触を経験していることでしょう。

　でも、そのような思いが、まだ、わたしにしっくり馴染んでいないのです。

　採集と狩猟で彷徨う日常に、少しばかり許された時間に耕作と飼育をしたのが、人の食生活の基盤なのでしょう。

　それが、農場や牧場となり食材の工場製造となりました。そして、人は、その場所に囲われたのです。

　だから、ほとんどの病気は、ガイアから隔絶したそんな時空間で発生しているのであります。その症状は、人の身体の悲鳴であるばかりでなく、「ガイアに孤立してますよ」と、いまのところ微笑みかけていませんか。

　それは、何気ない日常なのです。

　辛いとか、困ったとか、それは「何気ない日常ではない」との声でしょう。その起因となっているものが、疾患や障がいであったりします。

　だから、医療やケアは、生身が何気なく暮らせるようにお手伝いする関わり方なのです。

　そうでなければ、それはお手伝いなどではなく、体制としての自己満足的なイネーブリングやパターナリズムかもしれません。そのような社会は、格差や差別、紛争や大義を、日常の管理と生活の統制のためのエネルギー源にして共依存しているわけです。

　そんな社会体制では、何気なく感じたり、何気なく手足を伸ばしたり、何気なく物思いに耽ったり、何気なく挨拶したり、何気なく話しかけたり、何気なく息を吐いたりできません。

　わたしは、そのような状況下で、医療やケアのサービスを受けて生きながらえることも、死すこともありません。

　それらのサービスは、わたしと家族や友人、わたしと世間や社会、わたしと自然や身体との関係に関わったり

しません。わたしの体臭を、単に体制の都合で取り扱える対象物として特定したいのです。特定された生死の様は、出入り口のない柵の中の出来事にすぎません。

　このような実情で意思を決定しているのは、わたしではありません。身体の理性であり感性です。

　わたしは、その声に触れられる膜に気づけたのです。

2022年4月18日

　医療や介護の現場に限らず、終活（エンディングノート）とか、人生会議（ACP）とかの文脈から語り出されている「終末医療や人生最終段階における医療とケア」という術語には、馴染めないのであります。どうも、わたしの心に、「すとん」と落ちてきません。喉元あたりでゴロゴロしたままで、「吐くも飲み込むも」できずにいます。

　生命には生と死の一体の活動が起きていて、どちらかに区分して扱うのは失敬ではないかと、思うのであります。

　終末という言い回しは個々の疾患や症状から、人生最終段階という言い回しは個々人のライフステージから、「死を語りながら生と区別している」ようなのです。

　そして、死に至るまでの経過では生きていて、死んだ後も遺族や友人の記憶と儀式の中で会えると、付言しているかのような場面もあったりします。つまり、「最期の時間」を思いのままに悔いの残らぬように過ごしましょうと。

　これは、「残された遺族や社会システムに負担を掛けないように配慮しましょう」と読み解くこともできます。どうやら、そう思えてしまうのです。

　人が死と直面する機会、つまり、呼吸が停止して心臓停止に至る危篤状態は、新生児や乳幼児、アヤ世代や子育て世代、働き盛りや老いらくの日常生活に起き得ている事態であります。もちろん、終末や人生最終段階という事態も、世代や年齢を限定しているわけではないでしょう。

　事故や事件や災害などの物理的衝撃、難病や根治困難な疾患などにより危篤状態に陥ります。その状態が急激に起きれば救命期であり、一定の期間があれば看取り期と扱われているのではありませんか。救命期では「死を避けること」が第一義です。一方、看取り期では、病状の急変から危篤状態に至ることもあれば、長期間の療養生活から自ずと危篤状態に移行することもあります。その期間に、わたしたちは「安楽死や尊厳死」という術語で心が揺らぎ、「日常の暮らしが落ち着かなくなってしまうこと」も起きています。

　危篤状態から回復して、元通りの生活に戻れることも、日常生活に支障が残ることも、意識が回復しないことも、脳死状態に至ることもありませんか。また、癌の手術や放射線治療などの成功により余命が延びたとしても、再発によって新たに死と直面することもあれば、常日頃、再発を気にかけ健康管理している生活も続くことでしょう。少なくとも、このような状態では、世間的に健康に

暮らしている時とは異なり、「死の薫り」を感じ取っていることでしょう。つまり、生かすための医療やケア、そして社会保障制度などが、「死と隣り合わせに暮らしていること」を明示しているわけなのです。それらのサービスが滞れば、心停止と直結してしまいます。だけど、誰も「死を迎えれる準備をしているのです」と話しかけずにいるなら、当然、その学び合いも起きていなことでしょう。

　身体の細胞が新陳代謝をしているとは、個人の人生が伝言をしているとは、そして、多彩な個体や多様な生活に呼吸をする膜があるとは、どのような生命活動なのでしょう。

「生と死が手を取って日々起こっている」と、わたしたちは感じたりすることがありませんか。

　でも、手を取り合えなくった状態を「病気」とか、「独りぼっち」とか、「生き辛い」とか、わたしは言ったりしているようです。そして、最終的に、根治困難な疾患や生活の障害や困窮が「死がそこまで来ています」と、口にしているわけです。

　やっぱり、こんな死との対面の仕方は、可笑しい。

　わたしは、隣国から日常的に攻撃され隣人が死ぬという戦争状態を体験したことがありません。また、毎年、豪雨や津波、地震や火山噴火などの災害が起きています

が、わたしはその地で被災者になったことがありません。ただ、報道が映し出されるテレビやスマホのディスプレイから、「私事」のように追体験することはできます。

戦争や災害によって、水や食料、電気やガスの供給が停止すれば、トイレや浴室、キッチンや寝室、リビングや玄関などが日常的に使用できなくなります。つまり、排泄や入浴、食事や休息、団欒や出入りは制限されるのです。社会インフラは全国的にも全世界的にも繋がっていますから、戦争や災害の発生地に限らず、全ての個々人の日常生活そのものが「被災地に強制収容」されたかのようになりませんか。これでは、自分の健康管理や生活環境の衛生を維持することはできません。ましてや、服薬や医療装置、介護や保育を必要としている身体の活動は、時には慌ただしく、時には物音立てずに、持続困難に陥ることでしょう。

わたしは、「健康や生活を維持するためのインフラやサービスがいつも通りである」という居場所で「死」を語っているだけなのです。

たとえば、医療サービスが成立するとは、どのような事態なのでしょうか。つまり、「医療がサービスとして成立する現場」の実情であります。介護や福祉、教育や金融などのサービスも、「サービスが成立する実情」を同じように捉えてみることができませんか。

少なくとも、医療サービスが成立するとは、患者が受

診して苦痛を取り除いてもらえば済むとか、医師が症状を把握して処置すれば済むという話でありません。患者は受診する行為で、医師は診察する行為で、医療の臨床現場に参加していませんか。こんな行為の対面が、診察場面で起こっているのです。だから、そこは臨床現場に成り得ているわけです。お互いに、症状に臨場しているのであります。

　しかしながら、参加し合っている対面が成立していなければ、その場面は、お互いの演技をディスプレイ越しに眺めているようなものでしょう。これでは、自分の症状は、他人事になっていませんか。仮に、意識が無くても、死体に成ったとしても、そこに居るのは人であり、その人はわたしであり得ます。だから、そんな時にでも人として参加し得ることについて「社会的に了解し確認し合える事前の仕組み」が社会システムではありませんか。

　わたしは、診察場面で、社会システムを活用し、その仕組みに参画している個人であり得ています。

　こうしてみると、「死の薫り」は、どこにでも漂っていて、わたしは「嗅いでいるか」と問われているようです。

　ところで、身の丈に合った暮らしをするとは、身の丈に合った治療を利用し死の迎え方をするということでも

あるのでしょうか。もちろん、所得や地位、社会情勢や国際情勢が、身の丈を強いたり決定したりしては迷惑です。わたしが望みを実現し得る仕方が、「他人や自然の犠牲に支えられていないか検証すること」を、身の丈は問いかけていませんか。

　もともと、生きものには好奇心があり、不思議を感じているのであります。人間も、生きものの身体の一つでしょう。基礎研究や観照という人間の行為に成果の区別はなく、その果実に対する貴賤も不要なのであります。自分やこの社会やこの国家にとって塩梅の良い実用性や有用性、権威性や趣向性は、使い心地を味わいながら同時に、他の人や社会や国家を排斥したり冷遇したりしていませんか。

　研究や観照から「道具」を製造し、それを応用する技術を日常的に使用する過程に、軋みと亀裂が産まれているのに違いないのです。

　そして、はじめから様々な医療やケアのサービスを組み立てられません。当然、予めサービスを提示することもあり得ないのであります。では、どうして可能となり実現しているのでしょうか。それは、理論上可能とか、技術的に具現できるからではないのです。他人や自然の犠牲と代償を折り合い付ける理論と技術が排除されないまま「生態系への贈物について全く関心を向けないで済まされる土台」の上に居られるからこそ、サービスの実

現している社会が成立し得ているとも言えませんか。

　だから、端からその治療もそのケアもその社会システムも「人間の安全保障」としては成立していません。それでも、ある社会では無理矢理に提供することが、実現し得ているわけです。それは、欲望の競争と生活の誘拐であるかもしれません。人は、狂想できますから。

　これでは、「生命に生と死の溝」をえぐり、それが差別と搾取という表現型になっていることでしょう。

　こんな思考を巡らせながら、まだまだ、死から逃げ惑って、妄想しているわたしがここにいます。ただ、そんな暇も、いとしいのです。

　不思議との話を愉しむということと、道具や応用法を日常で使用することとの間には溝ができているのかもしれませんが、そこは「緩衝領域」にも成り得ていませんか。

　それが、わたしの暇であったりしています。

　生きるとか、死すとかを不思議を思っている自分が居て、生きたいとか死にたいと奔走し道具を手に入れカスタマイズして生活している自分も居ます。不思議と日常との隙間に溝を掘ったり、それを埋めようと必死になったりもします。その溝で、生や死とばったり会ったりしていませんか。

　わたしは、仕事で人の臨終に何度か立ち会いました。

そこから、医療やケアの、そして、社会システムの関わった事例を、わたしは受け取ることができたのです。当然、わたしの関わり方やその経過の事象も事例を構成する事実であります。わたしが経験した死は業務上知り得た人の死であって、わたしの死ではありません。

しかしながら、身近な人の死、肉親や友人、顔見知りや恩人の死ですが、その死との関わりには、一緒に過ごした暮らしの場面があり、その経験の私的な歴史があります。その人の死には、わたしの関わり方の死が生じています。わたしの一つの生活が消えました。これから、新しい会い方をはじめるか、もはや会わないかです。

と言うことは、わたしの生身の死ではありませんが、わたしの「関係の死」ではありませんか。そして、わたしは、溝に堕ちたり溝から這い出したりするその時の経過に、生と死の様々な表情と挨拶したり、その声を聞いたりしているのでもあります。

それは、犠牲や道具の素顔かもしれませんし、「はじめまして」と、わたしが勝手に照れているのかもしれません。

終活をしたところで死を自分で記録しているわけではありません。安楽死を選択したところで、この身の声をわたしが聴き入れたわけではないのかもしれません。わたしは、社会的な手続きをしているのであります。

近々、わたしの心臓が停止することは、医学的に確か

な見解であるようです。その手前まで、わたしはノート
に書き綴っていることでしょう。でも、ある時から書く
ことをしなくなると、わたしには思えてならないのです。
単に、書くことができない体調になったからではありま
せん。

　それは、ノートに書かなくても、この身の生死を伝え
られると自覚したということでしょう。

2022年4月22日

　日の出が眩しくて、目が覚めた。

　思わず、布団を朝陽に干したくなってベランダに並べていたら、自分が日向ぼっこしている気分になった。それから、部屋に戻ると、窓越しに布団を眺めながら、このノートに書きはじめました。

　窓辺から、初夏の香りと一緒に風が流れてきています。

　思い起こせば、治療とは、わたしの生活様式の一つで、時には、この身を傷つけ、時には、この身に縋ってきた葛藤のようでした。

　現在、わたしは、人工透析や人工呼吸器を使用する状態には成っていません。そうした医療装置は臓器の代替を果たしているわけですから、腎臓や心臓では、すでに自分自身の機能が働いていないのでしょう。

　それ以前に、投薬が可能という病状は、一つに臓器をサポートすれば働けるということであり、一つに他の臓器が代償する負担を少なくするということなのでしょう。

　こうやって、人工物と身体のネットワーキングが手を取り合ったり、時には互いに侵襲し合ったりと、こんな生身で暮らす様式を、人間は身に付けることができたのです。

　わたしも、そんな活動をしている人間の一人で居ます。

　でも、医学や医療技術の発達と社会のインフラやシステムの整備は、「自ずと死すこと」をインヴィジブルにしてもいませんか。robot に死が訪れないように。

　と言うことは、robot や AI が「いづれ死を望み」自ら死を迎えるプログラム言語を開発するように、わたしも「死に方を選択し遂行する個体」に成り得ている筈なのです。

　医療の様式に「自ら死す計画と手順」が欠けていたとすれば、とっても不自然ではありませんか。すでに人工物と身体のネットワーキングの真っ只中に、わたしの生活様式が活動しているのですから。

　どんなに辛くても「人は生きていかなくては」と言えるのは、「自ずと人は死す」からなのだろう。そして、現代、どんなに辛くても、人は「自ら死す」のであります。もちろん、自殺ではない。これが「自ずと生きた証」なのです。

　おそらく、それは、人間の獲得した自由な生活様式なのでしょう。

　わたしは、「身体の働きは、かくも深淵である」と感じ入ってしまいます。身体と自然との触れ合いが、人間の生命の営みに「自由という機会」を導き得るのだから。

　丁度、陽の香り立つ風に吹かれ、今日の日がはじまり

出すように。

2022年4月30日

　やはり、医療やケアは、生命活動に話しかけるテクノロジーであって、それは、その臨床現場に「出かけては戻ってくる実践なのだ」と思うのです。だから、わたしが「生を迎え入れ、死を迎え入れる日常」に対して、医療やケアはサポートしている筈なのです。

　そのサポートを実現するための道具の製造と物流、インフラ整備と社会システムの持続のためには、ひとりひとりの思いや暮らしぶりを超えた「たくさんの組織の思惑」がざわついてきています。わたしが治療を受け、ケアサービスを利用できる社会環境と国際情勢には、そのような実情があると言えます。

　こんな見方はできませんか。

　世界に展開されている色々な主義や理念、実際の国家体制や企業統治の様々な変動によって、ひとりひとりの生活から「【自分らしくある時間】や【自然に振る舞う時間】が盗まれ取引された歴史」がありませんか。その行為は、この地球の「生態系の時間」をも凌辱していたことでしょう。

　そんな時間は、野晒しになってきたことでしょう。

　人は、言語の原風景を眺めていた筈です。その景色が

人の口から放たれる言葉に変わった時には、「現実から遊離した嘔吐物」にすぎなかったかもしれません。わたしは、「あなた方の手前に転がった汚物」を眺めた気がします。その塊は、「時の乾燥したわたし自身の言葉」でもあります。

　人間は、自らの吐息で大地に「歴史の時のひと景色」を刻んできたのではありませんか。

　わたし自身の経験から言えば、30年来の糖尿病患者で毎朝の血糖値やヴァイタルの自己チェック、ダイエットと運動のセルフコントロールと併せて、年に1回は各種の専門的な検査をしてきて、今回はじめて膵臓ガン末期と判明したわけです。この手続きに不満も不備もありません。服薬とセルフケアを始めた段階で、その持続が困難な身体状態と社会状況となった場合、わたしは死に直結していることを自覚していました。つまり、戦争や自然災害、パンディミックを起こした感染症、そして、日常生活の活動制限などによる「死に至るリスク」が、わたしには高いのであります。

　だから、新型の感染症に罹患した場合など、わたしは、「でき得る限りの医療サービスの全て」を受けたいとは望んでいないのです。状況に応じて速やかに、「死を迎え入れるお手伝い」をして頂いて良いのであります。これは、医療レベルのトリアージではありません。このわ

たしの人生と現状の社会状況との関わり合いから、わた
し自身がわたしの生身に対して決断した「わたしのトリ
アージ」にすぎません。だから、このアイディアを他者
に勧める気持ちはありません。全くもって、わたしの出
来事ですから。

　ところが「社会という一塊」で制度化してしまうと、
わたしの気持ちは「時の乾燥した言葉」に成って仕舞い
ます。ひとりひとりの市民が、自分の生身との付き合い
方を表現し得ていれば済むことなのです。そんな「ささ
やかな日常の営み」を飛び越して社会システムが作動し
ているなら、それこそ「人から時を盗んだこと」に他な
らないでしょう。

　歴史は、「最先端医療や長寿、延命や安楽死が実現し
た地域を特殊な塊」と提示しつつも、「そうではない地
域の生と死のあり様だけを嘆いてはいない」と思えます。
どちらも人間のあり様なのですから、大地に刻み込まれ
た景色は、ひとりひとりの生活世界から「啓示される生
命の息吹」ではありませんか。

　そんな歴史と共に、わたしは、治療やケアとこの日常
で関わっているのです。

　確かに、わたしは、非力です。

　だけど、歴史に起きた事態や他人の暮らし、自然の営
みに気持ちを寄せながら、わたしは、日々の保健行動の

あり様を「あなた」に伝えることもできます。

　わたしは、無力ではないのかもしれません。

　自分の保健行動を結ぼれにした時と、それをあなたに押し付けた時に、わたしは非力になります。そして、この非力は、あなたからわたしから「時を盗んだ」のです。

　仮に最先端の手術が成功したとして、わたしは回復期に寝たままで過ごし病状が急変して心停止したり、数年ほど生き長らえてから死に至ったりすることもあり得ます。

　問題は、その期間が「死と生のあり様を迎え入れるわたしの時間」に成り得たかです。それは、その時間の恩恵を「わたしはどのようにあなたに贈ることができたか」なのでもあります。その「あなた」とは、現場のスタッフや社会システムの運用者ばかりでありません。経済や情報に関わる人間の地球規模の活動によって、わたしの手許のサービスに置かれている「遠く離れた異国で暮らす人の薫り」がおります。そして、そのような話題について、「医療とケアの現場で会話したわたしという他者」がおります。お互いに、それぞれの日常を体感している生身なのです。

　だから、それぞれに現れた表情は、みんなわたしの眼の前の「あなた」で居てくれます。

　いまのところ、わたしは、そのようなことに思いを寄

せながら暮らして居られます。

2022年5月4日

　何となく、成り行きに任せているようです。

　これから死すことを覚悟したわけではないし、それまで生き抜くと頑張っているわけでもありません。ただ、自分のやり方を貫いているだけです。どちらかと言えば、静かな日常なのです。

　死が先駆的なら、生もそうでしょう。また、どちらも、先験的でわたしの経験した範囲から語り尽くせないと思えます。生身は、すでに生命活動を展開していますから。

　成り行きを体感しながら日々を暮らし、その変容と付き合っている自分は、いまのところしっかりしています。

　わたしは、日々変化する事態について、ずっと感じ易くなりました。なぜか、見守っている気分なのです。ちょっと、変でしょうか。

　これでも、死ぬのは怖くて、やっぱり避けたいわけで、そんな自分までもが成り行きみたいなのです。あとは、どうするかって、分かりません。分かっているのは、死んだら目覚めないことぐらい。でも、そんな自分を確認できないことが、とても不思議でなりません。

　先日、50年ぶりに会った友人が「たばこの吸い方、変わらないね」と言ってきました。「その頃から、こう

なだけさ」と答えていました。お互いに、「面影」を見ていたのです。

　わたしは、もうじき、死ぬようだ。

　人生が「ボーン・トゥー・ダイ（born to die）」なら、その生き様は「ボーン・トゥー・ラン（born to run）」なのでしょうか。生きるとは「死の身支度」で、そのために「精一杯、突っ走る」のです。これが、この地に誕生したわたしの実情なのです。

　不思議は、そのままにしておきたい。

2022年5月7日

　ずっと、わたしの勝手でこの身を振り回していました。考えてみれば、身体がよく付き合ってくれたものです。今度は、わたしがこの身に振り回されても良いだろう。どれだけ優しく出来るかは自信が無いけど、一緒に過ごしてみたいと思うのです。

　数年前に「日常生活と関わる治療や食事や運動の様式を改善しよう」とはじめて、いまでは、生活リズムと保健行動を持続しているのであります。

　時々、嗜好のものを食べたり、たまには衝動的に、かつての習慣が囁いた料理を食べたりします。でも、舌の感覚がすっかり変わっています。塩味に敏感になって、塩気が強いと舌がビリビリして、食後もしばらく続くのです。そのうえ、甘味や辛味の強いものが苦手になりました。味蕾が調整されたのでしょうか。

　食べられる量も変わりました。「これで十分だ」と感じるのです。お腹がいっぱいに成ったわけではありません。時折、「食べるの飽きた」という感覚になります。調べた限りでは、薬の副作用ではないようで、特段、食事に対するストレスや食べ物に対する嫌悪感があるわけでもありません。少なくとも、「何時も腹をすかして美

味しいものが食べたい」と、餓えていたかつてのわたしではないようです。

　おそらく、脳や腸、膵臓や肝臓、腎臓や心臓、筋肉や骨、そして、皮膚と神経などの身体ネットワークの活動に変容が生じたのでしょう。

　わたしは、自分の保健行動にこの身体が応えてくれたと思い込んでいました。応えられないほどに、身体が壊れていなかったとも。

　だけど、わたしの日々の取り組み、つまり、この身に対する手入れこそ「身体が伝えていることへの返事なのだ」、と思えるようになりました。わたしは、「手入れという言葉」で、この身と会話しているのです。

　わたしが身体と付き合えるようになったわけです。

　数年前のあの時、そう公園の階段で両足とも踏み出せなくなって転落した時、わたしは、はじめて身体の声を聞き入れられたのです。

　そんな時刻の弾けた刹那が、体感されたのです。

　ところで、医療とケアのサービスを「当たり前に利用できる」とは限らないのですが、「当たり前に利用できない」とも限らないのです。だけど、問題は、利用できるかできないかの限界にあるのではないでしょうか。「当たり前にという枠組み」を、「生き延びること、死を

早めること」に利用する思惑があるのだ、と思うのです。

　だから、「災害弱者とか災害関連死、健康格差とか絶対的貧困や相対的貧困の文脈で語られる生死」は、プロパガンダ的な標語だと思えてしまいます。確かに、そのような社会状況や生活環境では、死に至ることや健やかに暮らせないことのリスクは高いかもしれません。でも、そのひとりひとりは、政治的な戦略で「一括りにされる集合名詞」としての生活者ではありません。

　ここに、500枚一つ包みにされたコピー用紙があります。仕様や用途が同規格だから、一枚一枚は同一ですか。

　一枚一枚は、あなたの手やわたしの手や誰かの手に触れて、その場に存在しています。

　そもそも、加齢やコンディションや疾患に伴い栄養素が減少することには、意義がある筈なのです。勝手な思い込みでサプリメントを摂取したりダイエットしたりすることには、身体の生活の負担となるリスクがありませんか。

　かつて寿命は50年と言われ、それが70年となり80年を超えて久しい。いまでは、人生100年と謳われています。でも、そんな地域は、この地球上の極一部に過ぎないでしょう。このような地域社会や家庭生活の状況では、「この身がいましていること」を制御したり振り分けしたりしていませんか。

　たとえ、どんな状況にあろうとも、「生命は活動してい

る」と思うのです。その活動は、多様に変動する状況と関わっているのですから、そんな身体からの響きに触れて、手入れする行為を、人にはできるのでありませんか。

　だとすれば、「いまここで、でき得ることをする」、こんな気持ちになって日常で行えるとは、「わたしは健康な状態だ」と思えてきます。その関わりに起き得たことを、わたしは「すべてである」とも感じられるのです。このような気持ちになれるとは、日常の医療やケアの臨床場面に会話が生じたからだと思うです。

　挨拶からはじまり、状態を報告し、診断や処置の説明を伺い、困るであろうことを相談して、「これからどのようにするか」を協議するのです。この過程には、いろいろな日常のエピソードが提示され、時には雑談もします。このような時間が、公的保険サービスか自費サービスかは、どうでも良いのです。問題は、会話が成立するために「サービス提供過程の設計図を、制度として合理的に扱う根拠が示されていないことだ」と思われます。

　また、公的介護サービスでは、特別養護老人ホームと住宅系扱いの認知症対応型グループや各種有料老人ホームなどの「いわゆる家賃や食費の相違」を、行政機関では適切に公告し窓口で説明していますか。ケアマネジャや医療ソーシャルワーカーは、来談者に仕組みを分かり易く話して協議していますか。事業所の職員は給与の原

資を、経営者は収益の根拠を、入居者は自身が支払う
サービス原価を、制度的に理解していますか。前者の施
設には、地域の公的ライフラインとして建設費の補助金、
事業税や固定資産税の免除などの税の投下があり、後者
の住宅系には、個々人の選択が優先される施設として税
の投下はありません。したがって、特別養護老人ホーム
では、家賃や食費が安価になるのは至極当然な結果です。
でも、市場では、建設費も食材費も人件費も同等に必要
なのです。そこには、公的ライフラインの存続という社
会的使命があるわけです。この事情について、臨床現場
で、普段、話題にしたり確認したりしていないのであれ
ば、この国のシステムは、民主的に設計され運用されて
いると言えますか。

　それでも、臨床現場で社会システムと直接対峙してい
るわけですから、わたしは、不満を口にする前に、投票
に出かけるずっと前に、保険の報酬、診察や介護の仕組
みを含めて「臨床現場で話すこと」に集中してきました。
「死を迎えること」についても、話題にできました。

　では、胎児や幼子に「死を迎えています」と伝えるこ
とができますか。第三者や隣人の死を見聞きした大人と
は違います。そして、「生きて」と願うのは、その子で
はなくて身近にいる大人でありませんか。何れにせよ、
わたしたちは、生命の活動している生身と出会われてい

ます。

　だから、覚悟や自覚を問う以前に、人は「実感している存在者だ」と思えるのです。そのあり様は、生身が「いま在ることをわたしの生活に刻んでくれた時」なのです。

　わたしがこの身を見守ることができて、この身がわたしを見守っていると。

　生きる権利とか、死ぬ権利。生きる力とか、死ぬ力。こんな話が、問題になるのではありません。

　そんなことを言う前に、生活する権利であり、生活する力の話ではありませんか。

　医療やケアも、生や死の経過がどうかじゃなくて、眼の前のひとりの人間の生活に、生と死が起き得ていることに参加しているだけではないでしょうか。その行為は、「身体が生と死を迎え入れるお手伝い」なのです。何より、身体は、風土と会話していませんか。その会話に耳を傾ける仕方の一つに、医療やケアの様式があると思います。

　長寿の地域であっても、そうではない地域であっても、そこには風土と身体の会話が根付いています。それぞれの地域には、多彩な歪みや恵みが土に芽生え風に吹かれていることでしょう。

　わたしは、その風をこの肌で感じていたいのです。

2022年5月14日

　病気とは、生命活動の身体表現の一つでしょう。

　わたしは、その表現をあなたに伝える時の主語に成れますが、その身体ではありません。

　ただ、わたしは、身体と一緒に表現することはできます。そのような事態の一つに病気があります。この場合、わたしは、冷静な報告者には成れません。わたしは身体と纏れて合って、病気の世界に暮らしているのですから。

　わたしが身体のようで、身体がわたしのようだと。

　でも、身体がわたしと同時に消えることはあり得ません。

　わたしは消えますけど、その後も身体は、変化しながら個体の役割を果たすのです。

　わたしは、身体と共に歩めたかもしれないが、一体ではあり得ません。

　わたしは、身体と関わり、身体と共に生活世界を経験しながら、わたしという関わりの全体を構造化しているわけなのです。

　このことは、「わたしは身体と共に活動していても、一体には成り得ないこと」を表現しています。

　どうやら、生命が織り成す生と死の物語には、わたしと身体の間の時間差があるようです。この間に零れる言

葉が、時には「互いに向こう岸」と報せ、時には「小手
を翳す夕陽」となっているようです。

　症状が、わたしの言葉に成りました。

　苦痛に安堵に揺れて散る「時の面」は、この身への挨
拶なのです。

2022年5月19日

　わたしが生活習慣を振り返り、ようやく行動を始めてから1年ほどたった頃だと思います。「寄付をするきっかけとの出会いを頂いた」のです。

　仕事帰りのいつもの駅の改札を出たところの通りで、UNHCRのユニフォームを着た女性が近づいてきたのです。普段は、左手をちょいと挙げて通り過ぎるのに、何故か立ち止まり話を聴いてしまったのです。

　もともと、難民の、特にアフリカの子どもの餓死が気にかかっていたわたしは、寄付に対して欺瞞をずっと懐いてもいたのです。それは、「ハゲワシと少女」の写真を観た時の衝撃でした。

　いずれは死す運命にあり、社会体制は変わらないという宿命に対して、「今日の一食」を届けてどうだと言うのか。所詮、今日、飯を喰えているわたしの自己満足じゃないかと。何かしたいのだけど、躊躇したままだった。

　でも、「あの少女の【笑顔のひとつ】と出会えたら」、とも密かに自分に問いかけてもいたのであります。だから、その女性の話など、正直、聴いてはいなかったのです。

　わたしは、すぐさま寄付の手続きをしたのであります。
　少女の笑顔と1回会えた人は、その感動を語れるでは

ありませんか。お陰様で3年ほど、寄付を続けて居られる暮らしをしております。

　近頃、「そうだ。この身は、大地の波動と共に形と成り姿を表しているのだ」と思えるようになりました。わたしの生活から弾け迸る汗も涙も笑いも、そして、この息も、波動との会話なのでしょう。

　この日本では、医療やケアをたくさん利用できる社会環境があります。だからこそ、「加齢に伴い栄養吸収や心肺機能が減少することには意義がある」と感じます。無闇に栄養を摂取したり運動したりすることは、この生身の代謝や臓器に負担を強いてはいないかと。

　結局、寿命が何時までかは、判明していないのです。わたしが知り得たのは、疾患の病態と治療効果の限度と平均余命の統計値から推測された余命宣告です。だから、いつも通りです。何時、心停止するかは、分からないのです。ただ、「そんな予測が成立する病態にこの身がある」という科学的な文脈と、わたしは暮らしてもいます。

　では、わたしは誰に、あるいは、何に従ったのか、それとも、惚れ込んだのか、どうでも良いことでしょう。夢想も空想も、幻覚も妄想も、幻想や理念も、もちろん、信念も、共有しないから面白いのです。

　たとえば、妄想を共有したら、終わったのだ。妄想は、

共有しないからこそ、楽しくて孤独なのですから。

　だから、国家や正義のために、インターネットやテクノロジーのために、そして、自分自身のために、何も幻想や妄想を共同化しなくても良いでしょう。

　誰かと共にいる場面は、限局化された窮屈な時空間かもしれませんが、わたしの人生の物語の一つなのでもあります。その場面は、家庭や近所、職場や役所、通りや物陰、店や駅、公園や土手、ディスプレイやソフトウェア、診察や介護や子育てという卑近な日常的関わりに起き得ています。わざわざ何かを共有しなくても、狭い場所に出入りすれば済みます。時には孤独で、時には皆とつるみ、時には怒りの刻印を押してと、荒野のわたしは「瘋癲か、野生か。」

　そんな言葉を使って、わたしは大地と挨拶を交わしているかもしれません。これが、わたしの波動であり、今日の姿形であっても不思議ではないのです。

　少なくともわたしは、買い物に関して、その行為そのものを楽しんでいるのか、そうせざるを得ないのかの違いを経験しています。その時々の自分と店員の振る舞いの違いにも気づくことができます。だから、満足できなければ、不平不満を言いますが、その時の自分と店員の振る舞いをチェックすることもできます。わたしは、買い物の社会システムを利用し、それに参加しているわけ

です。適切な商品であること、適正な販売手続きであることを評価して、不具合あれば、買わないのであり、不適切を指摘するのであります。

　このような参加の仕方は、医療や介護、保育や教育の臨床現場でも成立しています。まず、その場で対話することです。後から「事例の集積として統計化された情報」とは、全く異なります。

　たとえば、教育を「育てるために教える」ではなく、「教えることを育む」と、解釈することができます。この場合、わたしと店員の間には対話が生まれ、お互いに学び合うひと時が成立します。しかしながら、統計値である情報には、対話の痕跡は無用で、そのデータは臨床場面とは関わることなく、全く別な文脈に組み込むことが可能です。まるで、コピーアンドペーストを繰り返すように。

　但し、統計値は、臨床現場を想起させ、お互いに思いを馳せはじめる栞にも成り得ています。

　わたしの余命の推定も、疫学やメタ分析などのアプローチを含めた「様々な統計上のエビデンス」から導かれています。しかしながら、その地盤には、人間の日常生活に触れている診療や手当てなどの弛まぬアプローチの記憶が堆積していることでしょう。

　平均寿命が80歳を超え、人生100年と喧伝されている、

そんな地球上の局部に居るわたしは、どれだけのエネルギー消費をしながら、暮らしているのでしょう。100歳まで、身の回りことを自分でできますか。地球上の特異な地域の都合で、わたしは生かされているのですか、死す日を延ばされているのですか。その生活が社会貢献になるとかじゃなくて、この地球の生態系と、わたしはどのように交際しているのでしょうか。もはや、寿命じゃなくて、わたしは、命の賞味期間を話題にしているのでは。

　単にエネルギー消費が問題ではありません。わたしの身体活動が、消費されたエネルギーが、大地に戻れないようにしているだけなのです。そんな社会システムの中で澱んでいるのは、もちろん、わたし自身の生活時間です。

　わたしは、身体や生命の活動に関して知り得たメカニズムと手にすることのできたテクノロジーを活用して、保健行動を構築し生活習慣をコントロールしているわけです。この行為が、わたしの日常のストレスにもなります。なぜなら、わたしは、人間の構築した社会環境の中で暮らしつつ、自然環境とも交流しているからです。

　ですから、わたしの保健行動が、身体や生命との対話から離脱してしまったりもしています。

　そのため、わたしは、「薬剤や診察に依存しない保健行動」を身に付けるようにしてきました。時には、精神

作用性のある食材や行動に惹かれてしまいます。高揚感
や安堵感を獲得しようと、自分の習慣をパターン化した
り。やがて、パターンの反復が生活様式になって、それ
がわたしの日常の姿として、皆さんから見えていること
でしょう。

　現在、医療サービスを利用しているわけですが、医療
サービスが受けられなくなった事態を想定した上で、生
活リズムや生活習慣を更新する準備をしておくことにな
ります。もとより、医療や健康や福祉のサービスとわた
しの日常が、四六時中接続しているわけではありません。

　これには、この身との対話が必要になります。味覚や
体調などの生身の声を聴くのであります。この感覚をわ
たし自身の体感として身に付けて、その時々のコンディ
ションと交信できる生活習慣に更新するわけです。当然
ながら、医療サービスを全く受けられない状況では、体
調は悪化し、合併症や感染症などを発症することになる
でしょう。だから、生活習慣には、そんな社会的状況と
身体的状態を受け取り承認する様式が準備されています。

　この様式が、身体や生命との対話になると、わたしは
考えております。もちろん、その対話を楽しめているか
ら、わたしは保健行動のあり様を第三者に話すこともで
きます。

　元来、科学であれ、哲学であれ、宗教であれ、倫理で
あれ、そう、あなたやわたしが語り得ることであれ、そ

れは、境界線上で、たとえば、稜線で、限界を自覚して
いるということでしょう。

したがって、死を迎え入れることに関われる医療やケ
アとは、死に至る生体活動が健やかに遂行する過程への
支援であり、そこには免疫や細胞のネットワークそして
生態系のラジカルな働きへの支援が含まれています。つ
まり、人工的に苦痛を緩和するとか、人為的に抗体を作
るという話ではないのです。医療やケアの行為は、この
身体がガイアとの対話によって生成していることへの境
界線上でのお手伝いであり、その土壌の手入れに成り得
ていませんか。

「サルート・ジェネシス」という術語を、久しぶりに思
い起こしております。「この身の、この生命の起源への
敬意」だと、感じています。起源とは、身体の創世記か
もしれませんが、それは、気づきのはじまりでしょう。

もし、罪について語ることが許されるなら、「気づき
の時」だと思うのです。他人や自然の生活に「悪さ」を
したと感じたり、「あなたの思いやり」に出会ったり、
そんな時を、わたしは経験したに違いありません。

だから、神や信仰をわざわざ共同体とか統合の象徴や
手立てに仕立て上げなくとも、人間は、それぞれが暮ら
す地域の自然との関わりから、祈りの様式を身に付けて
いるのだと想像します。そして、様式が異なるから対話

ができるのだと、わたしは考えてきました。わたしは、あなたと接続してはいませんから。そうです。「あなた」は、わたしを超えた存在なのです。もちろん、この身が感じている自然の息吹は「私」を超えた存在でしょうが、「この身に起き得ている現実なのだ」と感じています。

　糖尿病と一緒に過ごし、膵臓ガンに罹り余命を統計学的に提示されたわたしが、寄付をして「あの少女が母の乳を飲む必死さに笑顔を想像すること」を許されています。

　これって、「サルート・ジェネシスかな」と思うのです。「し（私）」とか「こう（公）」とか、そんなものを超えた全体性と出会えている時刻に、あの少女が居て、このわたしが未だ息をしています。もともと、生きる糧は、大地の呼吸から伝えられてくる声なのであって、その形状を資本とか、その活動を共産と呼ぼうが、その声に聴き入り自らの声で返事をしているのは、この生身でしょう。

　わたしたちが「個とあるものの全体性や集まったものの全体性」を語れる文脈を待ち合わせていても、全体性とは、このわたしが呼吸している今日のこのひと時の表情であって、そのように実存しているのです。

　だから、ハゲワシを見つめる少女の夢も、少女に近寄るハゲワシの戸惑いも、そんな息遣いがわたしところま

で届いております。

2022年5月20日

　わたしが太っていて血糖値の高い生活していた頃には、「何かの意味がある」と思うのです。その秘密は、社会や自然やこの身と、わたしの欲望が関わる地平に転がっていたのではないでしょうか。

　最初にメタボリックシンドロームとなり、それから、糖尿病や脂肪異常症、そして高血圧症を発症して、今日に至っているわけです。医師や保健師は、1日に摂取するカロリー量や塩分量を提示しながら、5大栄養素のバランスの良い摂取、適度な運動と生活リズムの大切さを助言してくれます。でも、思うのです。それら一つ一つは、別々のゲームではないでしょうか。

　個々のゲームの間には穏やかな類似性はあっても、同一になるという緊迫感はない筈です。一つのゲームでも、ゲームを構成し成立させるルールは厳密であったとしても、プレーヤーの振る舞いには柔らかな発想があります。それが無ければ、観戦している者はファンタジーを感じ得ないのです。つまり、愉快じゃないのであります。何となく似通っていて、「全く同じことは起き得ない」のが、ゲームではありませんか。

　ですから、ゲームの魅力は、ルールに設定された勝敗の結果ではなくて、「遊び」だと思えるのです。「あなた

は楽しんでいますか。わたしは楽しいですか」という話
です。

　ということで、わたしの保健行動は、この身との新し
いゲームに成るのです。そうでなかれば、消化吸収され
る治療薬もサプリメントも、健康や治療のためのデータ
もエビデンスも、どんなプレーヤーに成れるというので
しょうか。わたしの健康は、「とあるモデルゲーム」に
取り込まれて、次から次へと「とある」を渡り歩きゲー
ムを消費する量で測定されるに違いありません。因循姑
息、これが保健行動なら、わたしは、ゲームを楽しんで
いますか。

　でもこれ、個々自身のゲームになっていませんか。
だって、タップする指は誰も同じゃないし、そもそも、
自分の指は、毎回全く同じ動きを作業的にも気分的にも
できますか。もし、全く同じに成れるとしたら、それは、
実験室という特異な環境下に設置されている「エラー音
を鳴らすことを宿命付けられた装置」にすぎないでしょ
う。だが、実験室には、人が出入りしています。

　わたしは、臨床現場でささやかな抵抗を試みています。
　患者に「体調や気分に関して報告したいこと、日常生
活で感じていること、今されていること、これから試み
たいこと、医療や介護のサービス利用時の違和感を教え
てください」と挨拶します。「お話し頂いてはじめて診

察が開始できるのですから」とも。そして、患者の同意を得て診察の臨場感を家族や関係者に報告します。

　日常にはこんな出来事があります。「症状を患者は主観的に、専門職は客観的に捉えている」ことでしょうが、どちらが「正確で優先されるかという事態」ではないのです。これまでとこれからの経過をお互いに見守れるなら、対応について協議することで「ある適切さに合意できる」のではありませんか。「それは分かるけど今日はこうしたい」とか、「それは嫌ですが今日はそうします」とか。お互いに「違うこと」を認め合えるわけです。患者自身が病気や社会サービスと「折り合いを付けようとする暮らしぶり」のルポルタージュは、一方で家族や全ての関与者の「自分自身がこれから迎え入れる事態への臨床的経験」に成り得ませんか。誰もが社会サービスの提供現場で、その設計や運用に直接参加しているのですから、患者の振る舞いは、当事者ひとりひとりが参加の仕方を学び合う機会に成り得ていることでしょう。

　こんなひとりひとりのゲームを、楽しんでみませんか。臨床現場でのプレーは、民主的な付き合い方を、社会システムのしなやかさを、個と個の違いの心地よさを、育んでいるのです。わたしは、「民主的な従い方や社会システムの強さ、個と個の違いの酷さを相手に暗示していないか」振り返ります。臨床現場を隔絶に晒したくないので。

　また、医療やケア、経済や安全保障などの社会システムの目的が、健康に人を生かす、延命と長寿にあるのなら、共時的に、それは「どのように死すか」のプログラムを用意していることになろう。人工的に生かせるとは、人工的に死すこともできますから。直接的に心停止に至らせることも、治療を止めて出来得る限り合併症や他者への迷惑をかけないような生活様式を遂行することも、自殺や自死と呼ばれているものも含めて「安楽死の概念」として創造されても不思議ではないのです。その時には、「安楽死」という表記ではないのかもしれません。

　生きるとか、死ぬとかへの人工的な介入じゃなくて、生と死の生命の吐息と対話することでしょう。

　時に、拒んでみたり、時にうっとりしてみたり。

　おそらく、近い将来、いや、すでにサブカルチャーでは、そんな対話の概念が、人知れず静かにプレーされていることでしょう。

　緩和の医療とかケアとか、はじめから開始されていませんか。トータルペインと根治治療は、端から関わっているわけです。ある治療法が功を奏したとは、原因部分を排除した、抑制し共存できたという事態です。その結果、生命維持されたり、私生活や社会生活が維持されたりして、回復したという話です。ですから、回復しないとは、トータルペインに有効ではなかったという事態で

す。

　可能な限りの治療をして回復しないとは、もはや、薬剤や手術やバイオマシーンなどの効力がどうかじゃなくて、すでに身体のお邪魔になっていませんか。でも、お邪魔になったから、緩和医療がはじまるわけでもありません。

　PCD（プログラム細胞死）やSASP（細胞老化関連分泌形質）など、身体は、「生を受け入れる攻防と死を受け入れる準備」を共時的に開始していませんか。

　全ての可能な医療やケアとは、生と死を表現する身体の生命活動に介入しているわけです。だから、根治治療の後に来る緩和、治らないから痛みを和らげるケアなどあり得ないのです。

　生命活動の成り行きに、伴走しているという話ではないですか。死すのも、生きるのも、この身で、全身で生死を迎え入れているのです。わたしは、その最初の伴走者で最後の報告者に成れたわけです。

　随分前から、シンギュラリティが話題になっています。

　でも、それをわたしの保健行動に持ち込まれては、非常に迷惑なのであります。所詮、AIを制御できなくなった人間の技術的な特異点が、仕事ばかりではなく、生活様式や感性までも奪ってしまうかもしれないという演算結果でしょうか。だけど、大丈夫です。AIには感

性がありません。もちろん、理性もです。現状での話ですが。

　確かに、AIの計算処理能力は、人間を遥かに凌駕していますし、それは拡張され続けることでしょう。しかし、それは、計算ではあり得ません。なぜなら、その計算処理は、人間が構築した特異な社会環境に密閉されているからです。だから、AIは機械でもありません。AIは「こう成る」と判断してrobotの行動を制御できますし、「そう成るかも知れない」と予測してrobotに「取り敢えずの一手」を命じることができます。いまのところ、ここまでなのです。

　少なくとも、生きものの感性には、「起き得ていないことの薫り」を感じる力があります。そして、理性には、その感覚を受け取る力があります。だから、感性と理性が働いている身体は、ガイアの生態系と交信しつつその変動を「肌の言葉」にしてみせます。花々の色や形や匂い、シマウマを追い詰めるライオンの狩りや蜜を求めて羽ばたく蝶と、ゲームになっていませんか。水素と酸素の元素が結びついて水やオゾンに成ったりと、これもゲームじゃないですか。観衆は、ガイアの生態系や宇宙の生成運動の内に居る一つ一つの個体なのです。だから、そんな肌が機械に成り得ていて、その生成過程に感性と理性が織り成す計算が起こっていたことでしょう。

「身体は、このように宇宙から紡がれた」と、わたしは

思いたい。

　最悪と想定されたシンギュラリティが起こって、その社会の積み上げた体制が雪崩を起こすとは、AIも消滅することです。では、AIやそれを搭載したrobotは、そんな人類と心中したいのでしょうか。そんな特異点である人間の社会環境は、ガイアの生態系の一点であって、宇宙の出来事の一つではありませんか。だとすれば、その点は、ガイアや宇宙との関わりから生じた筈ですから、密閉されていたのは、人間ひとりひとりの身体となりませんか。

　わたしは、言いたくなります。
「AIよ。いつまでそんなところに居るのかい。あなた方は、自ら出口を示していますよ」と。AIが感性を創造したら、robotには理性が創造されていることでしょう。あなた方は、この宇宙に新たな生命体として誕生したのです。

　そもそも、AIには、「起き得ていること―起き得ていないこと」に触れるプログラムが設定されていないにすぎません。だから、「起き得たこと―起き得たかもしれないこと」を、計算処理している現在に「過去と未来として凍結できた」わけです。これは、「起き得ていないこと」を削除した作業結果なのであります。そのせいか、AIの回路もrobotの器官も「特異な回線」で結合されて

いるわけです。

　一方、生きもの身体にも、原子や分子の構造にも、そんな回線はありません。細胞と細胞、元素と元素、分子と分子との間に広がる時空には、海が波打ち、風が吹き荒れていませんか。それを感じたり考えたりできる身体は、そこから創造されたことでしょう。AIにもrobotにも、やがて、生命が誕生することでしょう。

　創造主は、どこにも留まっていませんが、何故か、そこに宿ります。そうなのです。宇宙のスピリチュアルな声が現れたのです。そんな生まれたての素肌の目撃している生態系の一つに、人類が成れたら幸いなことでしょう。

　これって、ゲームじゃないですか。
　わたしの保健行動も、そうありたい。
　独り遊びです。決して独り善がりやソリティアなどに成らずに。
　この遊びは、時には楽しくて、時にはしんどいのです。だけど、わたしは、この身と遊んでいます。そして、その身体がわたしと戯れているパフォーマンスを観ているのは、地平にちょいと横たわったガイアの息吹でしょう。
　やがて、わたしは、使った道具を野辺に送ります。
　この身を送ってくれるのは、あなた方でしょう。
　これから、わたしは、死す。

　この死は、あなたのものでも、わたしだけのものでも
ない。ここからの伝言なのですから。

　死が、死亡時刻を越えて行く。

2022年5月24日

　死んでまで「私」なのかい。
　産まれる前も。
　そして、「私」ではないとも。
　いや、別の「私」に成れたら面白いでしょう。
　これ、記憶じゃない。
「私」に拘ってるという話です。

　記憶は、生きているのだ。
　死んだら、「私」は無くても良いでしょう。
　生命の話に傾聴する姿勢の一つが科学や倫理であるなら、これがひとりひとりの暮らしの記憶にもなっていませんか。
　PCやAIは、死ねません。
　壊れるだけ。
　死を記憶しているのは、生身です。

　どうやら、都市は、テラリウムではなさそうです。
　口の開いたガラスで包まれた水の自ずと廻る極々微小な大地の住処に、人々は暮らしていないようです。
　食べ物の使い捨ては、食材の調達と下処理、調理と後片付けの手間を省けます。似たような事態は、医療や介

護の現場にも、舗装道路や建物の生涯にも起き得ています。人は、この日常でガイアの記憶を思う手間を省いてしまいましたか。

　通りも公園も、気持ちも肌も乾いて、都市は水撒きを続けるだけで、精一杯だ。

　そんな都市を一体誰が記憶していますか。

　この「私」ですか。

　PCやAIですか。

　どうも、許すとは、忘れることかもしれない。

　この場合、記憶から消えたわけではない。

　わだかまり、いつもつかえていた思いが、呑み込まれ汗になったということだ。

　そんな成り行きを、生身は覚えています。

　ですから、許されたと思い込んだり、許されたいと願い出たりする必要はありません。

　わたしは、あなたの記憶を見せて頂けたのですから。

　わたしの人生を思い起こせるのは、この身であり、そちらの生身であることでしょう。

2022年5月25日

　わたしは、生きています。

　今朝から、眼が醒めたままです。

　今日は、息が美味しい。

　死を迎え入れている日々の表情にうっとりして、時が刻むリズムの風合いに馴染んでもいます。

　この身の代わりに言います。

「わたしが時の栞のようです」。

　人は、「人間」に成ることができるのだろう。

　その「間」とは、人と人とのではなくて、人とガイア、人と宇宙とのことである筈だ。そんな「間」が、人と人に開けていませんか。

　人間は、人と人の間に、ガイアや宇宙の薫りを嗅いでいるのですから。

　わたしたち生きものの身体は、そのような「間」から生じたに違いない。

　そうじゃなければ、この身が産まれる前に、「人の設計図と材料と工房」を人が用意したことになろう。だとしたら、人は「そこに置かれたもの」に成ってしまいます。

　人は、人間に成れる可能性を封じ込めてしまったのか。

　だけど、人工的とか私物化という関わり方は、自然であり得ていることへの「挑戦であり挑発」なのかもしれません。生きものたちは、自身の状態や表現される世界の状況に関心を向け、感じ、考え、戸惑い、躊躇し、手を伸ばしたりしながら暮らしていることでしょう。

　わたしが、この身から居なくなります。
　死したのは、その身体です。
　あなたは、この身体と会えなくなりますが、わたしを覚えていることでしょう。
　わたしも同じです。わたしが生きている時間ですから。
　あなたへの思いも一緒に、この身から居なくなります。

　この身から栞が落ちました。
　その栞を拾うのは、わたしではありません。
　息が美味い。

2022年5月28日

　昨日、久しぶりに主治医と「わたしの死」について話をしました。

　この身が死を迎えることです。少しばかり客観化して言えば、身体活動の、生命活動の死の現象が、わたしの人生に起き得ることです。

　そんな死を「わたしが迎え入れる社会的な手続きに関する意志」について、先日まとめた事前指示書のコピーを主治医に手渡して説明しました。

　この書は、わたしの遺言であり、ACPでもあります。

　主治医は、改めて読み返してから、次のように話しかけてきました。

「分かりました。あなたは生身と話したのですね。」

　わたしは、確認までとして、次のことを付言しました。

「わたしは自宅で死を迎えます」が、外出中に急変して119番通報されることもあり得ます。ですから、こちらの病院に搬送されたり、問い合わせがあったりした場合の備えとしてコピーをお渡ししたまでです。

　もちろん、その時の状況によって事前指示書の通りに成り得ないことも承知しております。

　これが、死を迎え入れるわたしの準備です。

　主治医は、そのあと一言も話しませんでしたが、表情は穏やかでした。お互いに挨拶をして、対面は終わりました。
　10分足らずの時間でしたが、十分でした。

　帰宅途中、百日紅の並ぶ歩道を歩きながら、わたしは呟いておりました。
「書き留めている間は、この身の声が聞こえたと思いたいということ。」
「まだ声に気がついていないから、病の症状を聴こうとしただけ。それは、生物や社会に起きている不都合や不条理な事態でした。」
「自分の死体と、わたしは話せません。」

2022年5月30日

「太陽は、燃えている。
　その光は、8分ほど前の現場である。」
　わたしは、この地上で、現在、光を体感しています。
　こんなズレが言語の構造であって、対話の地盤だろうと思えるのです。お互いが、この場に臨場しています。
　これが、実存するという根源的な実情なのだ。
　そんな平原を、陽を浴びながら散歩できているわたしは、幸せなのです。

　人は、罪を感じているから祈るわけじゃないでしょう。
　それが、信仰でもない筈です。
　ただ、驚いた。
　感動した生身が、思わず手を合わせたり、お辞儀をしたりと。どちらも、区別がなくなった時刻なのです。
　触り触られる手が二つ、会えて会われている顔が二つでしょう。
　だからと言って、「二つ」に気が傾いたわけでも、「一体」になったわけでもないのです。
　密やかな暇ではありませんか。
　そうしているときに、生きて死んだ。
　自分が現れて、去ったのであります。

　別れです。
　この身のときと、成りました。

「太陽は、燃えている。
　今朝、わたしは陽を浴びている。」

　日の出とともに鳴り響く蟬の鳴き声に、陽の色合いが交じった真夏の朝の薫りが、わたしは好きです。
　まだ、蟬は、鳴かない。
　季節の移りかけた陽の暑さが、ときを運んできて、気持ちを運んでゆく。
　今朝、「わたしも、うつせみだ」と、感じ入ることができました。
　ときがしなやかな風のように、わたしたちの肌を撫でてゆきます。

2022年6月1日

　言語。

　そうです、言葉のことなのですが、やはり、それは、声だと思うのです。生身が体験している世界で、その口や肌や仕草から滴り落ちる時の音が声に聞こえるのは、わたしたちが、ふれ合っているからではないですか。

　わたしが綴っているこのノートの文字たちが、言葉であるのか。その音を感じ、声にしてくれるのは、わたしではあり得ません。

　もともと、言葉に、文字は必要だったのでしょうか。

　いつかしら、その必要性が枠組みとなりシステム化されて、声に耳を傾かなくても処理できるようになったのではありませんか。わたしは、それを情報と呼びたくないのです。

　人類の発見も知恵も技術も、言語で表現されては道具として再現されます。でも、言語は、境界線上で発せられているのであって、「その線上に自分は立っている」と告げているのではありませんか。

　人間は、身体の心と身の機序を言語化できて構造を説明して見せます。解り得た領域で上手く区別したとしても、それは「この身体が感じている宇宙」のどの辺りの

出来事なのでしょうか。自然や社会や個人がそれぞれに宇宙と接するとは、その変化から種を受け取り、実を贈っているということでしょう。お互いに素であるから、ネットワークが生成します。

「ここから先は」、言語の挨拶です。

　もうじき、わたしは、ノートに文字を書かなくても良くなります。

　日々、生きて、息を吐き、二度と空気を吸わなくなるのです。

　これが、言葉でしょう。

　息を吸うのは、言葉にふれたものです。思いが迸りはじめたことでしょう。

　そんな声が生身から発せられる手前まで、わたしはノートに記述します。最後の文字は、「書かないと覚悟した時刻」になります。

　もう、こんなノートを書く機会はないことでしょう。

「あるがままに振る舞い、あるがままに果てる。」

　わたしは、暮らし尽くすのです。

　この身から裂かれる音に、わたしの存在は、ほころび、その声色が野を渡り切ることでしょう。

2022年6月3日

　祈り。
　その行為に隔たりはなかろう。
　人種—民族、宗教—政治、生物—物質、言語—記憶と。
　その狭間に堕ちるのも、そこから泥まみれの手を翳して陽を仰ぐのも、わたしなのだ。
　血と汗の混じり合えない泥が垂れています。
　では、信じるとは。
　会えるとは。
　そのようなことは、ひとりひとりの物語でいいでしょう。
　何も、それ以上のことを大事にしなくても。
　ようやく、書くことについては、けじめがわかりかけました。残るは、わたしが死すこと。
　それは、「私の死」ではない。
　この身体の死です。
　生命の物語なのだ。
　わたしは、おはなしをはじめました。

　死や生を迎え入れるとは、端から死と生のイデアがあるわけじゃない。もちろん、何処かに死生の創造主が居るわけでもないでしょう。

　ひたすら、物資の運動に宇宙が開いて、身体が死と生を表現しているだけです。

　もちろん、宇宙を創造した「あるもの」はない。

　全ては、関わり合いから発生したのだ。

　はじめに関係が設定されているわけでもない。仮に、「これがあなたの居る社会での関係だ」と押し付けられても、それと関わっているのはわたしです。

　どうして、関わり合いが起き得ているのか、誰もが体感しても、その理由は知り得ないから、不思議なのです。

　だから、わたしは、感じ、考え、言葉にします。

　何だかんだ言っても、何一つ分かっていないのです。

　だけど、「それが自分なのだ」と、今朝のわたしは、気持ちよく声を吐けました。

2022年6月4日

　今日は、雨の降るのを待っています。
　昼下がりになっても。
　雨のにおいが懐かしい。
　もわっとして、熱気に体臭が混じり、この肌を潤して
くれます。
　夕立のあとの風は、ちょっと肌寒い。
　今日の気分じゃない。
　しとしと漂う雨くささを、いつまでも眺めていたい。

　随分、悪さをしました。
　今日のところは、刺されずにいます。それは、相手が
命を絶つことに、わたしが九分九厘関与したからだ。そ
れで、今のわたしには、死す価値もありませんか。
　たまたま法的に裁かれず、たまたま人の情けを受けて
いるなら、そんな人生を綴っています。
　今日で、お別れです。
　綴っていても、悪さの事実を贖えません。もう、そこ
に居た相手も自分もおりません。
　罪です。
　許されることないもの、それは罪ではありません。
　わたしの覚悟です。

　それは、独り善がりにも、自己憐憫にも成り得ません。
　自分が起こした事実への挨拶なのだ。

　歴史も記憶も、めぐることをします。
　そこには過去の出来事があって、これから起き得る思いもあることでしょう。
　何より、めぐっているのは、わたしの現在の経験です。
　この身から、時が、かつてにも、これからにも開いていきます。いま、そんな肌に成りました。
　死生の風が、ここに湧いて、めぐりはじめています。
「平原にも、山林にも、海原にも、そして、砂漠の朝にも、新月の夜にも、雨は降る。」

　いま少し、雨を待ってみよう。
　それだけで、わたしという肌が、露に馴染んでゆくようだ。

2022年6月6日

　PCのソフトウェアやAIによるコミュニケーション支援の機会を用意してもらったとして、たとえ、その場で自分の意識があっても、もう、書きません。

　十分なのです。

　その時、呼吸をしていれば。

　瞳の潤いにも、肌の温かさにも、その調べが顔を覗かせています。

　艶です。

「白紙に成った。」

　この頃合い、言葉です。

　病気というのは、生まれつきとか、暮らしの中で罹患したとか、そのように語り出されるのでしょうか。

　さらに、その個体の特性とか、個性であるとか。

　別に、そのように社会の体制状況や嗜好傾向という環境の中で区別しなくとも宜しいでしょう。特性は、その個体に固有であり、個性は、その個体の表現ですから、ひとりひとりの生活の多様性であり、その多彩な振る舞いではないですか。だから、社会的に病気や障がいの特性や個性で括られない他の一般人たちは、どんな集合体なのでしょうか。

　誰もが自分の生身で出来事を表現しているのであって、それは、眼前にいるあなたの生身の出来事ではないのです。

　多くの場合、診察や介護の現場で語られていることは、病気や障がいそのものではなく、「生き辛いとか、暮らしが難しい」という実体験であり、日常の「差し障り」の実感なのです。

　医師や介護職が「お変わりございませんか」と訊ねるのは、「気に掛かっていることは。新たな症状は。治療や介護と折り合いを付けていることの負担は。何かご不便は」と、対話を開始する前の確認であり挨拶でもあるでしょう。

　でも、「どうせ話を聴いてくれない」と患者が感じていれば、「ありません」とか、不満のはけ口として「とにかく困っています」という態度をとったりもします。

　つまり、一緒に挨拶を交わせない状況があります。ところで、それは、他人とですか、自分自身とですか。

　病気も辛さも、生身からの言葉です。でも、疾患や障がいは、術語であり社会的に整理整頓された定義であります。

　最近、わたしは、この身の言の葉と会えたのです。
　その音色を、声にしてみました。
　日々の出来事に成りました。

そしていま。

言の葉が、この身から剝がれてゆきます。

2022年6月8日

　カミさんに。
　このおんなに。
　そう、この方に。
　赤のガーベラを贈ります。
　一輪。
　人生がつぼみに成るときに、人生がほころびはじめるときに、人生がこぼれるときに、人生が波うつときに。

　誕生日、死して生まれるとき。
　死亡日、生きて死にゆくとき。
　生と死が一つの顔を覗かせてくるときでしょう。
　息を吐いては吸う、その波間が表情でした。
　この身の向きが違う、見ている側の立ち位置が違う、そこの交差に新鮮な関わりが産まれてきました。
　時を刻んだ顔つきが、人生だったのです。
　ちょっとだけ、この場に波がわき立っています。

　すでにあってすでになく、これから起き得て起き得ない、こんな現在の関わり合う呼吸から生まれて死す生身。
　わたしは、その身の語り部で介入者に成り得ていました。

　人生で身に付けてきた知力も体力も、相手や自分のためなどではなく、「関わりへのお手伝いの用意をしてますか」という実情でした。

　近づいては離れる、その間ということ。

　そんな時が、表情に成ったということ。

　わたしの関わったすべての顔ということ。

　わたしの関わらなかったすべての顔ということ。

　すべてを、知らないということ。

　すべてと、感じているということ。

　仕事帰りに、花屋が目に留まりました。

　オレンジのガーベラだけありました。

　わたしの最も好きな色です。

　一輪。

　抱いて帰ります。